Herzkribbeln im Gepäck

Sabine Both

Herzkribbeln im Gepäck

Thienemann

Für Susanne

Der Nebenbuhler

»Ich bin so sauer«, regte ich mich auf und grunzte zur Bekräftigung wie ein wild gewordener Elch während der Brunftzeit in den Telefonhörer.

Jan ließ am anderen Ende der Leitung einen tiefen Seufzer hören. Der Arme. Er hatte es wirklich nicht leicht mit mir im Moment. Seit Tagen versprühte ich diese mörderische Laune. Und seit Tagen rief ich Jan alle fünf Minuten an, um ihm mein Leid zu klagen. Okay, beste Freunde müssen so was aushalten, aber Jan hatte wirklich einen Orden verdient. Den Orden der übermenschlichen Megageduld.

»Lana, sieh es doch mal positiv ...«, säuselte er in einem Ton, der vielleicht gut war, um aufgescheuchte Hühner zu besänftigen. Bei mir allerdings wirkte er schon längst nicht mehr.

»Positiv??? Wie um alles in der Welt soll ich das positiv sehen? Ich darf ja nicht mal dabei sein! Schon bevor es da ist, werde ich links liegen gelassen! Ab heute bin ich in dieser Familie so nebensächlich wie Handarbeitslehre in der Schule!«

Während ich Jan weiter die Ohren voll jammerte, versuchte ich durchs Schlüsselloch das Wohnzimmer zu überblicken. Ich konnte aber nur einen ganz kleinen Ausschnitt sehen, durch den mein Vater wie ein flüchtender Schwerverbrecher hin- und hersauste. Einmal hatte er eine Duftkerze in der Hand, dann einen Stoß Sofakissen, dann eine Flasche Holunderbeersaft. Aber egal, was er auch herbeitrug, es schien nie das Richtige zu sein.

»Was siehst du?«, wollte Jan wissen.

»Nicht viel. Sie haben alles ganz schummrig gemacht. Meine Mutter liegt auf einem Stapel Decken wie die Prinzessin auf der Erbse. Ich sehe aber nur ihre Füße. Und davor hockt diese bescheuerte Hebamme und glotzt. Ich hasse diese Tante. Die ist von morgens bis abends gut gelaunt. Als ob Babys auf die Welt bringen das Tollste überhaupt wäre. Hebamme ist der bescheuertste Beruf, den es gibt. Lieber würde ich zur Müllabfuhr gehen, als Hebamme zu werden.«

»Und was sagen sie?«

»Ich kann nichts verstehen. Die haben laut Musik laufen. Nur damit ich nichts mitkriege. Und weißt du was? Am liebsten würde ich sowieso gar nichts mitkriegen. Am liebsten würde ich meine Koffer packen und in ein Heim ziehen. Oder sonst wohin. Ganz egal.«

»Meine Mama hat gesagt, so eine Geburt ist nichts für Kinder. Vielleicht ist es gar nicht gegen dich gerichtet.«

Musste Jan denn jetzt so vernünftig daherreden? Konnte er nicht einfach sagen: Lana, du hast ja so Recht. Deine Eltern sind Banane. Du wirst ungerecht behandelt. Dein Leben ist eine Katastrophe. Musste von Pressen ... Und jetzt guckt sie, als habe sie in die Hose gemacht ... Und jetzt ... Oh mein Gott!«

»Lana? Lana? Bist du noch da?«

»Jan. Das ist ja widerlich!«

»Was denn? Was ist widerlich?«

Wenn ich gewusst hätte, was es wäre, hätte ich es Jan ja gerne gesagt. Aber ich war mir nicht sicher. Die Hebamme hielt etwas in der Hand. Etwas ganz eklig Bläuliches. Und noch bevor ich entscheiden konnte, ob es ein Alien war oder nicht, hatte sie es aus meinem Blickfeld genommen. Jetzt sah ich nur noch die Füße von meiner Mutter, die sich immer im Kreis bewegten. Mamas Füße bewegen sich dann im Kreis, wenn sie Weihnachtsgeschenke auspackt, wenn sie Mousse au Chocolat isst und wenn Papa ihr den Nacken massiert. Warum um alles in der Welt bewegten sie sich jetzt im Kreis, wo Mama ein ekliges bläuliches Ding präsentiert bekam?

»Lana?«

»Ich schätze, es ist da«, sagte ich resigniert.

Und im selben Moment kam auch schon Papa in mein Zimmer gelaufen.

»Finn ist da!«

Nicht ohne meinen besten Freund

In den nächsten Wochen breitete sich in meiner Familie der Babywahn aus wie eine Epidemie. Kein Mensch außer mir sprach mehr deutsch, alle lallten nur noch in der Duddi-Duddi-Sprache. Nur ich war immun gegen diese Süüüß-Viren. Alle anderen strahlten wie verseuchte Honigkuchenpferde.

Dabei schrie Finn von morgens bis abends. Doch das rief bei meinen Eltern nicht etwa einen Nervenzusammenbruch hervor, sondern brachte sie noch penetranter dazu, sich um ihn zu kümmern.

»Ist er nicht zum Fressen?«, kreischte Mama.

Und Papa, Oma, Uroma und alle Menschen, die bei uns zur Babybesichtigung ein und aus gingen, stimmten mit ein.

»Zum Auffressen!«

Ich war in Versuchung, Pfeffer und Salz aus der Küche zu holen, aber eine innere Stimme sagte mir, dass das nicht so gut angekommen wäre. Auffressen war, was Babys anging, etwas anderes, als wenn es um Waffeln mit Schlagsahne ging. Auffressen hieß so was wie »Nicht wissen, wohin mit der Liebe«. Ich wusste ganz gut, wohin mit der Liebe für meinen

Bruder. Sie passte locker unter den abgekauten Nagel meines kleinen Fingers.

Ich wollte mit diesem ganzen Palaver nichts zu tun haben. Aber das schien niemanden zu interessieren. Überhaupt interessierte sich keiner mehr für mich. Egal, ob ich eine Eins in Mathe mit nach Hause brachte oder einen Eintrag ins Klassenbuch beichten musste, meine Eltern quittierten alles mit dem immer gleichen abwesenden Lächeln.

Die einzige Funktion, die ich noch zu haben schien, war die der Auskunft. Das Telefon klingelte in einer Tour. Ich fühlte mich wie eine Mitarbeiterin der Telekom. *Hier werden Sie geholfen.*

»Hat er Haare?«

»Wie viel wiegt er?«

»Sieht er dir ähnlich?«

Er ist kahl wie Homer Simpson, wiegt wahrscheinlich so viel wie ein Weihnachtsbraten und sieht mir ganz und gar nicht ähnlich!, hätte ich am liebsten geantwortet, überraschte aber mit detaillierten Fakten.

»Ein bisschen Flaum, hellgelb, acht Pfund, nein, er kommt auf einen entfernten Onkel.«

Wie sollte etwas völlig Verschrumpeltes auch Ähnlichkeit mit mir haben? Ich hatte mich ein paarmal an seine Wiege gestellt und ihn genauer betrachtet. Wer weiß, dachte ich, vielleicht hast du ja was übersehen. Aber bei aller Mühe konnte ich nicht das Geringste an ihm finden. Es war stinklangweilig in seiner Gesellschaft. Man konnte ihm nichts erzählen, er verstand keine Witze, er konnte nicht sitzen, geschweige denn stehen, geschweige denn Basketball spielen. In der Regel sabberte er oder schrie. Wenn ich Jan nicht gehabt hätte, ich wäre bekloppt geworden.

»Lass uns was machen, was nicht mit B oder F anfängt«, sagte ich ihm entschieden.

»B wie Baby? F wie Finn?«, fragte Jan clever nach.

Ich nickte.

»Lana, bist du sicher? Was ist dann mit unserer Lieblingsbeschäftigung? Die fängt auch mit B an.«

Ups. Das hatte ich nicht bedacht. Ich änderte schnell die Regeln. »Wir sind schließlich in Deutschland. Da heißen diese kleinen Dinger nicht Baby sondern Säugling. Also, nichts mit S und F. Basketball geht klar!«

Basketball mit Jan war schließlich die beste Medizin gegen schlechte Laune verursacht durch Ss und Fs.

»Überraschung!«, tönte Papa an einem Sonntagmorgen in aller Herrgottsfrühe, während er mit einem grausamen Ruck meinen Rollladen hochzog und mich aus dem Reich der babyfreien Träume in die Schnuller-Realität holte.

Ich konnte es für den Tod nicht ausstehen, wenn mich jemand am frühen Morgen mit einer Überdosis guter Laune weckte. Und ich konnte es noch viel weniger ausstehen, wenn jemand über meinen Kopf hinweg bestimmte, wann ich am Wochenende aufstehen sollte. Ich war schließlich kein Baby mehr und sehr wohl in der Lage, selbst zu entscheiden, wann ich wie viel schlafen, essen und trinken wollte. Aber seit der Schreihals da war, hatte sich offensichtlich unser aller Biorhythmus zu ändern.

»Lana, aufwachen! Wir haben eine tolle Neuigkeit. Komm! Komm!«

Zu allem Überfluss fing Papa jetzt auch noch an, unter die Bettdecke zu greifen und nach meinen Füßen zu schnappen. Ob ich wollte oder nicht, mein Kreislauf geriet vor lauter Wut ganz von allein in Wallung.

»Ja doch!«

Mühsam quälte ich mich aus dem Bett und schlich in die Küche, wo Mama schon mit Finn an der Brust wartete und genauso schrecklich guter Stimmung war wie Papa.

»Wir haben heute Nacht beschlossen, dass wir in den Ferien doch nicht zu Hause bleiben«, verkündete Papa.

»Wir mieten ein Häuschen in Holland am Meer. Das geht auch mit Finn. Die frische Luft wird ihm gut tun«, fügte Mama hinzu.

»Nur wir vier. Mal richtig ausspannen. Dann kannst du dich mehr mit deinem Brüderchen beschäftigen. Das hebt sicher deine Laune«, beendete Papa den Vortrag.

Zwei Wochen Holland mit meinen geistig umnebelten Eltern und dem kleinen Schreihals sollten meine Laune heben?

»Wieso werde ich eigentlich nie gefragt?«

Mama und Papa waren völlig verdutzt.

»Willst du denn nicht in Urlaub fahren?«, fragte Papa verwirrt.

»Wen interessiert schon, was ich will!«

»Lana, du weißt, dass wir deine Meinung immer mit einbeziehen.«

Mama brauchte jetzt gar nicht so sozialpädagogisch daherkommen.

»Ach ja? Und habt ihr mich auch nach meiner Meinung gefragt, als es um den da ging?« Ich zeigte auf Finn, der laut juchzte, als wolle er sagen: Ist mir doch schnuppe.

Mama und Papa hatte es sichtlich die Sprache verschlagen. Keiner sagte ein Wort. Ich fühlte mich in der absolut überlegenen Position. Ich war im Recht. Und das würde Mama auch nicht wegdiskutieren können.

Als die Ruhe gerade anfing unerträglich zu werden und ich mich fragte, ob ich wirklich so ganz und gar im Recht war, setzte Finn an, wie am Spieß zu brüllen. Das war die Gelegenheit, einen theatralischen Abgang zu machen. Während Mama und Papa sich über Finn beugten, schnappte ich mir meine Jacke und rauschte ab.

»Ich will nicht mit in Urlaub fahren. Was soll ich denn da?«, fragte ich Jan.

»Wir fahren gar nicht weg«, sagte Jan, »weil Papa ein neues Auto will.«

Das sah Jans Papa wieder mal ähnlich. Jans und meine Eltern waren so unterschiedlich, wie man nur unterschiedlich sein konnte. Während meine Eltern von einem Trommelkurs zum nächsten rannten, sich gegenseitig Tarotkarten legten, mir zum Einschlafen Mantras vorsummten und wochenlang diskutiert hatten, wer wann Erziehungsurlaub nehmen sollte, hatte Jans Papa immer einen Schlips an und träumte von einem Mercedes der Extraklasse, Jans Mutter hatte einen verbitterten Zug um den Mund und an den Wänden ihres Wohnzimmers hingen tote Rehköpfe.

Aber so unterschiedlich wie unsere Eltern waren, so ähnlich waren wir uns. Wir waren beste Freunde. Seelenverwandte. Blutsbrüder. Und Erben. Jan war in meinem Testament der Erbe und ich in seinem.

»Das ist ja blöd.« Ich boxte Jan sanft in die Rippen.

»Ja. Jetzt hab ich die Wahl zwischen Ferien zu Hause und Ferien bei meinen Großeltern. Herzlichen Dank. Du kennst ja meine Oma. *Nein, Jan, nicht auf das Kissen setzen. Das ist doch nur ein Zierkissen.*«

Ich hatte Jans Oma ein paarmal live erlebt. Sie war wirklich schrecklich.

»*Nein, Jan, nicht auf den Klodeckel setzen. Das ist doch nur ein Zierdeckel*«, flötete Jan weiter.

Ich schüttelte mich vor Lachen. »*Nein, Jan, nicht von den Keksen essen, das sind doch nur Zierkekse!*«, fügte ich hinzu.

»*Nein, nicht die Luft atmen, das ist doch nur Zierluft!*«

Wir warfen uns die Bälle zu, rutschten von Spruch zu Spruch weiter vom Bett auf den Boden und krümmten uns am Ende vor Lachen.

Plötzlich hatte ich die absolut gigantische Eingebung. »Fahr doch mit uns!«

Jan hatte sofort kapiert. »Du meinst, das geht?«

»Es muss gehen!« Ich war so angetan von meiner

Idee, dass ich keine Sekunde länger mehr warten wollte, um sie wahr werden zu lassen.

Wie von der Tarantel gestochen flitzten wir zu Jans Mama ins Wohnzimmer und plapperten beide durcheinander.

»Darf ich?«

»Darf er?«

»Biiitteee!«

Jans Mama schaute uns über ihren Brillenrand hinweg streng an. So viel Unruhe konnte sie gar nicht gut ertragen wegen ihrer Migräne. Also rissen wir uns zusammen. Jetzt nur niemanden verärgern!

»Da musst du deinen Vater fragen«, sagte sie dann zu Jan.

Das war bei Jans Eltern so. Irgendwie hatte der Vater mehr zu sagen als die Mutter. Und alle wichtigen Entscheidungen traf er.

Jan sah nicht glücklich aus. »Er sagt bestimmt Nein.«

Jans Vater sagte aus Prinzip meistens Nein. Man hatte das Gefühl, dass er nicht mal genau mitbekommen hatte, um was es eigentlich ging, da hatte er in der Regel schon Nein gesagt.

Ich grübelte. »Dann muss ich zuerst meine Eltern überreden. Wenn sie deinen Vater persönlich fragen, kann er nicht Nein sagen.«

Zu Hause erwarteten mich nicht gerade die besten Voraussetzungen für eine große Bitte. Mama und Papa waren sauer, dass ich einfach so abgehauen war. Einfach so abhauen war bei uns nicht angesagt. Schließlich konnte man doch über alles reden.

»Wenn du was auf dem Herzen hast, kannst du doch mit uns reden«, fing Papa dann auch gleich an.

Sie verstanden einfach nicht, dass ich, wenn mich die Wut überkam, nicht reden konnte und nicht reden wollte.

»Es tut uns sehr Leid, wenn du im Moment zu kurz kommst«, sagte Mama versöhnlich.

Das war meine Gelegenheit. Wenn Mama ein schlechtes Gewissen hatte, sollte ich das ausnutzen.

»Ihr könnt es ganz leicht wieder gutmachen«, sagte ich zuckersüß.

»So?«, fragte Papa misstrauisch.

»Ja, ich hab nur einen ganz kleinen Wunsch. Darf Jan mit in Urlaub?«

Mama und Papa wechselten einen langen Blick. Es kam mir vor, als würden Stunden vergehen. Ob sie in telepathischer Verbindung miteinander standen? Jedenfalls schienen sie sich irgendwie über die Sache verständigt zu haben, denn Papa nickte schließlich.

»Einverstanden.«

Ich flog ihm sofort um den Hals und Mama gleich auch noch. »Ihr seid die Besten!«

Wenn sie nicht gerade die schrecklichsten Eltern von der ganzen Galaxie waren und Schreihälse in die Welt setzten, waren sie wirklich die Besten.

»Da wäre nur noch eine Kleinigkeit. Jans Vater ...«

Jans Vater wurde Opfer von Mamas unschlagbaren Argumenten und ihrer vertrauensvollen Art. Er sagte zu.

Ich war happy.

Blindgänger trifft Hinterkopf

»Wow!«

Wir sprangen aus dem völlig überladenen Auto und liefen aufgeregt um unser Feriendomizil herum. Es war der Hammer. Eine alte Bauernkate mit einem verwilderten Garten, gleich hinter den Dünen.

Drinnen war alles ganz urig und gemütlich eingerichtet. Es gab einen langen Esstisch, einen offenen Kamin, der wohl eher im Winter angesagt war, zwei Schlafzimmer und eine nigelnagelneue Sauna zwischen all dem antiken Kram.

Jan und ich kaperten uns das Zimmer mit dem schönsten Ausblick.

»Ich nehme das Bett am Fenster!«

»Nein, das will ich!«, kreischte ich und rannte mit voller Wucht gegen Jan, der auf das Bett fiel und versuchte mich in den Schwitzkasten zu nehmen.

Aber so leicht machte ich es ihm nicht. Wir legten einen eins a Ringkampf hin, bei dem keiner siegte, weil wir nach zehn Minuten beide völlig außer Atem waren.

»Unentschieden. Wir schieben die Betten einfach zusammen. Dann sind wir beide nah am Fenster«, sagte ich.

»Abgemacht.«

Wir ließen voneinander ab und ich blieb schlapp wie eine Flunder auf Jans Bauch liegen. Erst jetzt sah ich, dass Mama im Türrahmen stand und uns kritisch musterte.

»Was ist?«, fragte ich. »Du hättest es sicher ausdiskutiert, was? Aber bei uns läuft das anders!«

Jan und ich lachten. Mama nicht.

»Ach, nichts«, sagte sie gedankenverloren und ging aus dem Zimmer.

»Was hat die denn?«, fragte Jan.

»Keine Ahnung. Aber ich find es raus«, antwortete ich und schlich hinter Mama her.

Die setzte sich in ihrem Schlafzimmer aufs Bett und beobachtete Papa beim Wäscheeinräumen. Ich lugte vorsichtig um die Ecke.

»Ich muss mal mit dir reden.« Mamas Stimme hörte sich an, als habe sie ein echtes Problem.

Papa setzte sich zu ihr. »Was ist?«

»Hältst du es für eine gute Idee, wenn Lana und Jan in einem Zimmer schlafen?«

»Wieso?«

Das fragte ich mich allerdings auch. Was sollte daran denn keine gute Idee sein?

»Sie ist 13. Und Jan schon 14.« Mama schaute Papa sorgenvoll an.

»Du glaubst ... Nein!«, erwiderte Papa. »Das kann ich mir nicht vorstellen. Sie sind doch Kumpel. Ich meine ... sie sind wie Bruder und Schwester ... also, du weißt schon. Lana ist selbst eher wie ein Junge.«

»Ja, wahrscheinlich hast du Recht. Trotzdem. Mir

ist nicht ganz wohl bei der Sache. Unsere Tochter ist kein Kind mehr.«

Wahnsinn. So wie es aussah, unterhielten sich meine Eltern gerade darüber, ob es eine pikante Situation sein könnte, wenn Jan und ich in einem Zimmer schliefen.

So ein Unfug! Wir hatten schon tausendmal in einem Bett geschlafen.

Ich hatte genug gehört und rannte zurück zu Jan, um Bericht zu erstatten.

»Du wirst es nicht glauben. Die denken, wir könnten es miteinander machen.«

Um das Ganze in seiner Absurdität zu verdeutlichen, legte ich den Arm um Jans Hals und biss ihm gespielt leidenschaftlich in den Nacken.

»Nimm mich!«, hauchte ich so verrucht, wie ich es hinkriegte.

Ich hatte damit gerechnet, dass Jan voll auf meine kleine schauspielerische Einlage eingehen würde, aber nichts da. Irgendwie schien sich in meiner kurzen Abwesenheit Jans Humorzentrum im Gehirn verstopft zu haben.

Mit einer unwilligen Bewegung zupfte er meinen Arm von seiner Schulter und schubste mich weg. »Sehr witzig.«

»Ja, ich fand das allerdings witzig. Was ist denn los mit dir? Du benimmst dich, als hättest du jetzt auch Hormone«, sagte ich neckisch.

Aha. Jetzt schien die Verstopfung beseitigt zu sein. Jan grinste.

Mit der flachen Hand klatschte er sich auf die Wange. »Da war ein Hormon. Ich hab es gerade noch rechtzeitig gekriegt.« Dann ging er auf mich los. »Oh, Lana, alles voller Hormone!«

Nachdem wir alle Hormone erfolgreich abgewehrt hatten und völlig erschöpft auf den Betten lagen, fiel mir ein, dass ich das Wichtigste fast vergessen hatte.

»Ich muss das Meer begrüßen!«

»Hä?«

»Das ist so was wie mein Urlaubsanfangsritual. Absolut wichtig! Ich geh zum Meer und sag Hallo. Egal, ob es das Mittelmeer, die Ostsee, der Atlantik oder die Nordsee ist. Und ohne einem Meer zu nahe treten zu wollen, muss ich sagen, dass die Nordsee mir das allerliebste ist. Also, bis gleich!«

Ich raste die Dünen hoch und als ich am obersten Punkt angelangt war, sog ich tief den Meergeruch in die Lungen. Dann rannte ich im Sturzflug mit ausgebreiteten Armen und geschlossenen Augen runter zum Strand. Ah, war das schön ...

»Aua!«

Tat das weh! Ich war mit vollem Karacho gegen einen Widerstand gerannt. Und als ich benommen die Augen aufschlug, fand ich mich vis-à-vis mit einem Jungen wieder, der ebenso wie ich durch den Zusammenprall rücklings auf den Hosenboden gefallen war.

»Kannst du nicht aufpassen?«, fauchte er. Er rieb sich die Nase. Offensichtlich hatte ich ihn hart getroffen.

»Entschuldigung. Ich hab dich nicht gesehen.«

»Kunststück. Mit geschlossenen Augen würde ich

auch nichts sehen.« Er rappelte sich hoch, drehte sich um und klopfte sich den Sand von den Klamotten.

Er war einen Kopf größer als ich und braun gebrannt. Seine schwarzen Haare waren superkurz geschnitten. Kein Wunder. Er hatte einen total schönen Hinterkopf.

»Du hast einen total schönen Hinterkopf«, hörte ich jemanden sagen.

Und dieser Jemand war ich. Wieso um alles in der Welt hatte ich das gesagt?

Der Junge schaute mich angewidert an. »Und du hast nicht alle Tassen im Schrank.«

Er drehte sich um und stapfte hinterkopfschüttelnd weg. Da saß ich nun im Sand und war nicht in der Lage aufzustehen. Wie paralysiert starrte ich dem Hinterkopf nach. Was war nur los mit mir? Hatte ich eine Gehirnerschütterung? Oder hatte ich am Ende wirklich nicht mehr alle beisammen?

Als ich zum Haus zurückkam, war schon alles eingeräumt und Papa kochte Spaghetti. Jan hatte meine Klamotten in den Schrank gehängt, meine Zahnbürste in den Becher gestellt und war bester Laune.

»Was hast du denn da?« Jan fasste vorsichtig mit dem Zeigefinger an meine Stirn.

»Autsch.«

»Das ist 'ne echt heftige Beule«, stellte er ganz chefarztmäßig fest.

»Das weiß ich auch.«

»Wie ist denn das passiert? Hat das Meer zugeschlagen, als du Hallo gesagt hast?«

Diesmal war mein Humorzentrum verstopft. »Sehr witzig. Ich bin ...« Ich zögerte. Ich hatte keine Lust, von dem Hinterkopf zu erzählen. Ich musste schnell irgendeine Geschichte erfinden. »Ich bin mit einer Möwe kollidiert.«

Jan schaute mich ungläubig an. »Mit 'ner Möwe?«

»Ja!« Ich sprang aufs Bett. »Ich renne die Düne runter, denke an nichts Böses und plötzlich ...« Ich breitete die Arme aus und sauste wie eine Monstermöwe über die Matratze. »... kommt diese abartig große Möwe direkt auf mich zu und knallt mit ihrem harten Schnabel an meine Stirn.« Ich ließ mich aufs Bett fallen. »Ich war total ausgeknockt. So was hast du noch nie gesehen.«

Jan hatte sich von meiner dramatischen Vorstellung beeindrucken lassen. »Hab noch nie gehört, dass Möwen Menschen angreifen.«

»Das war bestimmt 'ne Killermöwe.«

Beim Essen diskutierten alle über Killermöwen. Und nachdem ich meine abstruse Geschichte zum dritten Mal zum Besten gegeben hatte, glaubte ich sie fast selbst. Den peinlichen Zusammenprall mit dem Hinterkopf hatte ich fast vergessen.

Was soll's auch, dachte ich. Den Hinterkopf siehst du nie wieder. Soll er doch von dir denken, was er will.

Wahrscheinlich hatte ich so was wie eine Minigehirnerschütterung gehabt. Da redete man schon mal wirres Zeug.

Ich war schon fest eingeschlafen, als mich Finns Gekrähe wieder aufweckte. Und weil ich mich so ärgerte, war an wieder Einschlafen nicht mehr zu denken.

Ich malte mir eine Weile aus, wie eine Killermöwe im Sturzflug an den Strand geschossen kam, Finn wie ein Storch an der Windel packte und ihn für immer wegflog. Irgendwo in der Südsee würde sie ihn abliefern und da hätte er dann ein schönes Leben mitten unter Kokosnüssen und Korallenriffen.

Als die Geschichte mich nicht mehr so sehr amüsierte, starrte ich an die Decke und versuchte Schäfchen zu zählen. Eins. Zwei. Drei.

Was war das für ein Schäfchen? Es war viel zu groß: Und es ging auf zwei Beinen. Und es hatte einen wunderschönen Hinterkopf. Und statt über einen Zaun zu springen, stellte es sich frech vor mein inneres Auge und zeigte mir einen Vogel.

Verdammt! Hatte ich nicht beschlossen den Vorfall zu vergessen? Vor lauter Wut schlug ich mit der Faust auf die Bettdecke. Das heißt, ich wollte auf die Bettdecke schlagen. Stattdessen traf ich Jan. Gott sei Dank wachte er nicht auf. Er wälzte sich unruhig auf die andere Seite und brummte irgendwas. Ich lauschte angestrengt.

»Alles Arschlöcher«, murmelte er.

Ich musste an mich halten, um nicht laut loszulachen. Das war zu komisch. Wahrscheinlich träumte er gerade von einem Basketballspiel und beschimpfte die gegnerische Mannschaft. Ich lauschte weiter. Aber außer einem unverständlichen Brummen kam nichts mehr.

Ich drehte mich auf die Seite und schloss die Augen. Jetzt würde ich einschlafen können. Und als ich es fast geschafft hatte, drang doch noch etwas zu mir vor.

»Lana«, seufzte Jan im Schlaf.

Sicher hatte ich in seinem Traum gerade einen wunderbaren Korb geworfen.

Schreihals

Am nächsten Morgen packten wir alle unsere Strandklamotten zusammen und zogen zum Meer. Papa baute umständlich einen überdimensionalen Windschutz auf.

»Der Kleine darf sich nicht erkälten.«

Mama cremte sich dick ein und legte sich in die Sonne. »Das hab ich mir verdient.«

Und Jan und ich schlüpften in die Schwimmsachen und stürzten uns in die Wellen. Es war herrlich. Wir tauchten wie die Robben, ließen uns von der Strömung wegziehen und schwammen um die Wette. Blau gefroren und mit roten Salzwasseraugen kamen wir wieder zum Windschutz zurück und wickelten uns in unsere Handtücher.

Zu Mittag gab es eine Riesenportion Pommes frites vom Strandpavillon und danach wollten Mama und Papa einen Verdauungsspaziergang am Meer machen.

»Mal eine halbe Stunde nur für uns. Wir lassen Finn bei euch. Er ist gerade gestillt und dürfte jetzt schlafen. Bis später.«

»Alles klar«, sagte Jan.

Mir blieben die Worte im Mund stecken. Gar

nichts klar!, dachte ich. Ich will mit dem Schreihals nicht alleine sein. Doch ehe ich was sagen konnte, waren Mama und Papa schon Hand in Hand verschwunden.

Ich versuchte mich zu entspannen, schnappte mir eine Zeitschrift und blätterte darin rum. Aber als ginge von dem schlafenden Wesen in seinem Lager aus Decken und Handtüchern eine magnetische Anziehung aus, konnte ich mich nicht konzentrieren. Ich starrte immer wieder zu Finn. Hatte er sich bewegt? Hatte ich was gehört? Das nervte vielleicht.

»Ich geh noch mal ins Wasser.« Jan sprang auf und schnappte sich die Luftmatratze.

»Du kannst mich mit dem Baby doch nicht alleine lassen!«, flehte ich unwillkürlich.

Jan schüttelte nachsichtig den Kopf. »Aber sonst alles im grünen Bereich, Lana?«

Ich nickte schnell und grinste. »Wollte nur gucken, ob du drauf reinfällst«, sagte ich schnell.

Er hatte ja Recht. Ich benahm mich lächerlich. Was war schon dabei, ein paar Minuten alleine mit einem Baby hinter einem Windschutz zu liegen? Nicht das Geringste war dabei.

»Auf dich fall ich nicht so schnell rein!«, rief Jan und rannte los Richtung Meer.

Ich versuchte mich wieder auf den Artikel über Snowboarder in der Schweiz zu konzentrieren. Doch ich las den ersten Satz bestimmt fünf Mal, ohne zu kapieren, was er bedeutete.

Und dann passierte es. Ohne jede Vorwarnung fing Finn wie am Spieß an zu schreien. Mist! Was sollte ich jetzt tun? Ich krabbelte zu ihm und schaute in sein rot aufgepumptes Gesicht. Er sah aus, als würde er jeden Moment platzen.

»Pst«, sagte ich und legte den Finger auf die Lippen.

Das nützte gar nichts.

»Sei still«, versuchte ich es mit der unsanften Methode.

Er brüllte nur noch mehr.

»Duddi duddi«, machte ich.

Das funktionierte bei Mama und Papa immer. Bei mir nicht.

»Was willst du denn?«, fragte ich schließlich völlig hilflos. »Sag mir gefälligst, was ich tun soll!«

Auf Finns Stirn bildeten sich komische wurmartige Adern. Er war jetzt so dunkelrot wie eine überreife Tomate. Konnten Babys platzen?

Panisch blickte ich zum Meer, aber Jan trieb weit draußen auf seiner Luftmatratze und bekam nichts mit von meiner Katastrophe.

»Wenn du jetzt still bist, schenke ich dir meine Aufklebersammlung«, stammelte ich. »Sei leise und du kriegst auch noch meine Inliner.«

Verdammt. Finn war unbestechlich und unermüdlich. Sein Gebrüll hallte in meinem Kopf wie ein Tornado. Und plötzlich ging bei mir eine Sicherung durch.

»Hilfe!«, schrie ich aus Leibeskräften. »Hilfe!!!«

Ehe ich mich versah, kam eine Frau auf mich zugerannt. In Windeseile überblickte sie die Situation, nahm Finn auf und schaukelte ihn in ihrem Arm hin und her. Augenblicklich war er still. Ich hockte wie ein armer Sünder auf dem Boden und kämpfte schwer mit den Tränen.

Die Frau lächelte mich an. »Er brauchte nur ein bisschen Zuwendung«, sagte sie freundlich. »Nimm du ihn doch.« Und schon wollte sie mir Finn in den Arm drücken.

Ich wandte mich sofort ab. »Nein. Nein. Ich bin allergisch gegen Babys. Und außerdem ... er ist gar nicht mein Bruder. Er ist ... er ist ...«

Die Frau schaute mich amüsiert an. »Simon war auch so alt wie du, als wir noch mal Nachwuchs bekamen. Glaub mir, am Anfang ist es hart. Aber irgendwann wirst du feststellen, wie lieb du dein Brüderchen hast.«

Hatte sie mir nicht zugehört? Ich hatte doch gerade gesagt, dass das gar nicht mein Bruder war. Und was wusste sie schon? Wer auch immer ihr Simon war, mit mir hatte er nichts gemeinsam. Ich würde den Schreihals ganz sicher nie lieb haben.

Die Frau legte Finn zurück auf sein Lager. Er schlummerte sofort ein. Und ich ließ ein Stoßgebet zum Himmel fahren, dass er nicht wieder aufwachte, bis meine Eltern zurück waren.

»Simon!«, rief die Frau.

Aus dem benachbarten Windschutz lugte ein Hinterkopf hervor. Oh mein Gott. Das war nicht irgendein Hinterkopf. Diesen Hinterkopf kannte ich.

»Komm doch mal.«

Simon kam näher, erkannte mich und sein Lächeln wich schlagartig aus dem Gesicht.

»Das ist ...«, setzte die Frau an und wartete, dass ich den Satz beendete.

»Lana«, brummte ich.

»Und das ist Simon. Ihr könnt euch doch mal über kleine Geschwister unterhalten.« Sie zwinkerte mir zu und ließ mich dann mit Simon alleine stehen.

Seine Nase war irgendwie röter als der Rest des Gesichts. Ich tippte an meine Beule und grinste, Marke Kollege.

Simon grinste nicht. »Ich halte das für keine so gute Idee mit dem Austauschen«, sagte er und drehte sich weg.

»Nee, ich auch nicht«, sagte ich schnell ganz lässig und drehte mich auch weg.

In meinem Bauch stülpte sich etwas um, kroch die Kehle hoch und drückte wie wild. Ich flüchtete unter den Windschutz und steckte mein Gesicht tief ins Handtuch. Jetzt nur nicht laut losschreien! Es gab ja auch gar keinen Grund laut loszuschreien. Ein fremder Junge mit einem zufällig wohl geformten Hinterkopf fand es keine gute Idee, mit mir über kleine Geschwister zu sprechen. Na und? Schließlich wollte ich mich auch nicht über Finn unterhalten. Und außerdem, es musste einen ja nicht jeder nett finden. Es gab genug Leute, die ich nicht ausstehen konnte. Und diesen Simon konnte ich auch nicht ausstehen. Ganz und gar nicht. Also durfte er mich auch hassen. Das war doch nur gerecht.

Ich spuckte dreimal heftig in den Sand und atmete tief durch. Wieso funktionierte das nicht? Wenn ich sonst dreimal spuckte, hatte ich immer das Gefühl, alles ausgespuckt zu haben, was ich nicht mehr in meinem Kopf haben wollte. Aber diesmal blieb alles drin.

Wie machte Mama das immer? »Mein linker Arm ist gaaanz schwer. Ich fühle mich entspannt und denke an nichts.« Ich hatte mich immer gewehrt, dieses dumme autogene Training mitzumachen. Aber im Moment war mir jedes Mittel recht, um mich wieder in den Griff zu kriegen.

Ich legte mich flach auf mein Handtuch und versuchte meinem Arm klar zu machen, dass er schwer zu werden hatte. Tat er aber nicht. Stattdessen wurde er nur immer nervöser und ich mit ihm. Wie verrückt ziepten unsichtbare Sandflöhe an meinem Körper.

Dann erschrak ich zu Tode. Irgendwas Kaltes, Nasses hüpfte über meine Haut. Als ich die Augen aufriss, sah ich, dass es nichts weiter als Jan war, der seine nassen Haare über mir ausgeschüttelt hatte.

»Erde an Lana. Du bist aber schreckhaft heute.«

»Ich dachte, es wären Hormone«, sagte ich.

»Na dann. Gegen die bist du ja als einziger Mensch auf der Welt immun«, lachte Jan und ließ sich auf sein Handtuch fallen.

Ich beschloss ihm von Finns Schreianfall und den Folgen einfach nichts zu erzählen. Und auch Mama und Papa würde ich nichts sagen. Sonst müsste ich ja erklären, woher ich Simon kannte, und zugeben, dass die Killermöwe in Wirklichkeit einen schönen Hinterkopf hatte. Das war alles viel zu kompliziert.

Alberne Maskerade

Am nächsten Tag wollte ich nicht mit zum Strand.

»Ich will mal den Garten genießen«, sagte ich so ungezwungen wie möglich.

Tatsache war, dass ich diesem Simon auf keinen Fall begegnen wollte. Schließlich fand ich ihn abartig. Ich wollte mir nicht den Tag von seinem Anblick verderben lassen. Das war doch verständlich.

»Ich bleib mit hier«, entschied Jan.

Wir setzten uns auf die Terrasse und spielten Bauernskat miteinander. Die Sonne brannte uns auf den Nacken. Und weil ich gestern schon einen kleinen Sonnenbrand bekommen hatte, wollte ich mich eincremen.

»Da kommst du doch gar nicht dran«, sagte Jan und nahm mir die Tube aus der Hand. »Ich mach das.«

Jan nahm viel zu viel Sonnencreme und begann mir ausgiebig den Rücken einzuschmieren. Das war richtig schön. Jan merkte wohl, dass ich das gut leiden konnte, und fuhr fort mich zu massieren.

»Oh, ja. Da unten. Da ist es besonders schön«, seufzte ich.

Jan hatte eine mächtige Ausdauer. Er knetete den

Nacken. Er knetete die Schultern. Er knetete die Arme.

»Wenn es mit dem Basketballspielen nichts wird, kannst du ja Masseur der Nationalmannschaft werden«, plapperte ich. »Oder du wirst mein Privatmasseur, wenn ich zur Spielerin des Jahres ernannt werde.«

In Gedanken sah ich mich schon ein Interview geben. *Ich wusste bereits mit acht Jahren, dass Basketball mein Leben ist. Kinder? Nein, Kinder wollte ich nie. Wissen Sie, ich hatte einen kleinen Bruder. Nach dieser Erfahrung weiß man, dass Babys die Pest sind. Mein Masseur? Ja, das ist mein bester Freund. Wir kennen uns schon seit Jahren.*

»Fertig.« Jan rieb sich die Hände an der Hose ab. »Und jetzt cremst du mich ein.«

Ich klatschte ihm schnell ein bisschen Sonnencreme auf den Rücken. »Fertig. Lass uns weiterspielen.«

Aber da hatte ich mich geschnitten. Aus welchem Grund auch immer war Jan plötzlich schlecht gelaunt und wollte lesen. Dann eben nicht!, dachte ich.

Bis drei Uhr schaffte ich es, einfach an nichts zu denken. Dann kamen Mama und Papa mit Finn im Gepäck zurück.

»Wir haben eine ganz nette Familie kennen gelernt. Die Schneiders. Ein Lehrerehepaar mit einem zweijährigen Mädchen und einem Jungen in Jans Alter. Sie kommen heute Abend zum Grillen zu uns.«

Bitte nicht! Lieber Gott, mach, dass es nicht DIE Familie ist. Mach, dass der Junge in Jans Alter einen ganz eingedellten Hinterkopf hat.

»Der Sohn heißt Simon«, sagte Mama, als habe sie meine Gedanken erraten. »Du hast ihn ja schon kennen gelernt, Lana, nicht?«

Jemand mit dem absoluten Gehör hätte sicher den Kloß gehört, der wie ein Erdrutsch in meinen Magen plumpste.

Den Rest des Nachmittags war ich völlig neben der Spur. Ich hatte keine Lust zu lesen, keine Lust beim Grillanschmeißen zu helfen, keine Lust auf gar nichts. Ich verzog mich ins Schlafzimmer und stöberte unmotiviert im Schrank herum.

Es gab so viele Menschen am Strand. Wieso mussten meine Eltern ausgerechnet mit Simons Eltern in Kontakt kommen? Und wieso mussten meine Eltern so schrecklich aufgeschlossen sein? Wieso mussten sie jeden gleich zum Grillen einladen? Konnten sie nicht zu der Sorte Eltern gehören, die mit Fremden nichts zu tun haben wollen? So wie Jans Eltern. Die luden nie jemanden ein. Und schon gar nicht spontan.

Nachdem ich meinen Kleiderschrank durchwühlt hatte, begann ich schließlich Mamas Klamotten zu inspizieren. Nicht, dass ich irgendwas suchte. Ich wusste nur einfach nicht, wie ich sonst die Zeit totschlagen sollte.

Ich fand den Minirock, den Mama zu Hause nie anzog und im Urlaub auch nur Papa zuliebe.

»Er ist mir viel zu eng. Außerdem bin ich keine zwanzig mehr«, hatte sie gesagt.

Ich fand Miniröcke doof. Überhaupt fand ich jede Art von Rock doof. Die waren viel zu unpraktisch. Ich zog Mamas Minirock aus dem Schrank und schlüpfte hinein. Albern. Und viel zu weit. Extrem albern.

Mein Blick fiel auf Mamas Schminktasche. Schminken fand ich auch doof. Ich holte einen Lippenstift heraus und malte mir die Lippen an. Albern. Ich sah aus, als hätte ich statt vor die Stirn eins aufs Maul bekommen. Extrem albern.

Ich spitzte die Lippen. Küssen fand ich blöd. Küssen musste man Tanten, wenn man olle Seife zum Geburtstag bekam. Wenn in einem Film geküsst wurde, langweilte ich mich immer zu Tode und wartete sehnsüchtig auf die nächste Actionszene. Küssen war albern. Ich küsste meinen Handrücken. Nur so zum Spaß, um zu sehen, wie meine Lippen geformt waren. Extrem albern.

In dem Moment kam Mama zur Tür herein. »Kommst du? Was ...?«

Ich hatte den Lippenstift hinterm Rücken versteckt, aber das war natürlich Unfug, weil meine Lippen blutrot waren.

Mama lächelte. »Das sind ja ganz neue Seiten an dir.«

Bitte nicht die Tour. Ich hasse es, wenn ich mich ertappt fühle. Aber wobei fühlte ich mich überhaupt ertappt? Ich hatte mal ein bisschen Lippenstift probiert und einen Rock angezogen. Und ich hatte festgestellt, dass ich es nach wie vor total albern fand. War das so was Aufregendes?

»Steht dir gut«, sagte Mama verschwörerisch.

»Ist doch albern«, entgegnete ich barsch und wischte mir den Lippenstift ab.

Mama schien zu grübeln. »Für wen wolltest du dich denn so schick machen?«

»Ich wollte mich nicht schick machen!«

Mama schien mit meiner Antwort nicht zufrieden.

»Ich wollte Jan schocken mit meinem albernen Anblick«, fügte ich schnell hinzu.

»Du wolltest dich für Jan schön machen?«

»Schocken, nicht schön machen!«

Hörte sie mir denn gar nicht zu? Aber dann fiel es mir wie Schuppen von den Augen und ich erinnerte mich an das Gespräch zwischen Mama und Papa, das ich belauscht hatte. Mama fühlte sich offensichtlich gerade in ihren schlimmsten Befürchtungen bestätigt. Wenn sich das Töchterchen schon für ihren Freund schminkt und einen Rock anzieht, dann ist der erste Kuss nicht weit und dann …

»Sag mal, Lana, du und Jan …«, setzte Mama dann auch gleich vorsichtig an.

»Mama«, unterbrach ich sie schnell. »Ich weiß, was du denkst. Nein, da läuft nichts. Wir sind Freunde. Und das bleiben wir auch. Und ich steh nicht auf diesen ganzen Mädchen-Jungs-Küssen-Gacker-Schlaflose-Nächte-Quatsch!«

Mama schien erleichtert. »Aber falls …«

»Ja, Mama, falls sich da was ändert, komm ich zu dir und frag nach der Pille.«

Mamas Gesichtsausdruck verrutschte wie eine Schneelawine. Auf so was war sie nicht gefasst gewesen. Ich lachte mir ins Fäustchen. Sie war so leicht zu schocken.

»Ja, ist gut«, sagte sie schnell und ließ mich alleine.

Ich kicherte vor mich hin. Als wenn ich jemals die Pille nehmen würde! Da waren jede Menge Hormone drin!

Ich schlüpfte aus dem Rock und stieg in meine Jeans. Manchmal verstand ich mich selbst nicht. Hatte ich nichts Besseres zu tun, als mich zu verkleiden?

Diese bescheuerten Hormone

Ich kriegte keinen Bissen runter und alle anderen amüsierten sich prächtig. Papa und Herr Schneider tauschten Grillanekdoten aus. Mama und Frau Schneider palaverten über die Horoskope ihrer Nesthäkchen. Finn und Suse Schneider lagen einträchtig auf einem Lammfell und strampelten um die Wette. Und Simon Schneider und Jan hatten innerhalb von fünf Minuten festgestellt, dass sie auf dieselbe Basketballmannschaft standen, und zählten alle Spieler auf. Nur mit mir unterhielt sich keiner. Ich drehte mein Würstchen auf dem Teller hin und her, spießte es auf und stellte mir vor, es wäre Simon und das Ketschup eine Blutlache. Ich konnte ihn immer weniger ausstehen. So ein ignoranter Blödmann.

»Lana spielt auch super«, sagte Jan.

Er schien gemerkt zu haben, dass ich wie bestellt und nicht abgeholt herumsaß, und versuchte mich in das Gespräch mit einzubeziehen.

»Aha«, sagte Simon tonlos, ohne auch nur eine Sekunde Notiz von mir zu nehmen.

Du arroganter Schnösel, dachte ich. Du widerliche elende Bohnenstange! Du … du … Ich war so sauer, dass ich Angst hatte, jeden Moment laut loszubrüllen. In meiner Beule pochte das Blut.

Mama lachte in meine Richtung. »An Lana ist ein Junge verloren gegangen. Ein Widder, wie er im Buche steht. Wild und eigensinnig. Nicht, Lana?«

Ich merkte, wie meine Beule bedenklich anschwoll.

»Sie hat nie mit Puppen gespielt. Immer Autos und Bälle. Mit hübschen Kleidchen hat sie rein gar nichts anfangen können. Am liebsten hat sie im Dreck gematscht.«

In meiner Beule explodierten mit einem Mal jede Menge Knallfrösche.

»Du weißt doch gar nicht, wer ich bin!« Ich griff nach meinem blutüberströmten Würstchen, riss es auseinander und pfefferte die beiden Hälften meiner Mutter an den Kopf.

Ich konnte nicht mehr denken. Meine Beine machten sich selbstständig und rannten los. Undeutlich hörte ich noch, dass Finn anfing zu brüllen. Dann gab es nur noch Rauschen in meinen Ohren.

Ich rannte zum Strand, warf mich in den Sand und heulte aus Leibeskräften. Was war nur mit mir los? Wieso heulte ich? Ich heulte doch sonst nie. Ich war auch sonst nicht so komisch wie heute. Ich war durchaus in der Lage, auf einen blöden Spruch Kontra zu geben. Und außerdem, was hatte Mama schon Schlimmes gesagt? Sie hatte Recht. Ich fand ja selbst, dass ich mehr wie ein Junge war. Und eigensinnig und wild war ich auch. Und stolz darauf. Ich war so durcheinander wie noch nie in meinem ganzen Leben. Mein Kopf schwirrte und mein Herz pochte wie wahnsinnig.

Ich wollte gerade aufspringen und ins Meer rennen, um mich mit einem Kalt-Wasser-Schock wieder in den Griff zu kriegen, da hörte ich eine Stimme.

»Herzblatt.«

Mama.

»Was ist denn los?«

Sie hatte meine Jacke mitgebracht. Mir war tatsächlich furchtbar kalt. Der Gedanke an das kalte Wasser machte es nur noch schlimmer. Meine Zähne klapperten schon aufeinander. Mama nahm mich in den Arm und rubbelte mir über den Rücken. Das tat gut.

»Entschuldige«, wimmerte ich.

»War ja nur Ketschup«, sagte Mama und zeigte auf einen großen roten Fleck auf ihrem T-Shirt, der an ein Einschussloch im Krimi erinnerte.

Wir mussten lachen.

»Habe ich dich gekränkt mit dem, was ich gesagt habe?«, fragte Mama weiter.

Ich zuckte die Schultern. Aber sie hatte ins Schwarze getroffen, denn meine Tränen kullerten in doppeltem Tempo.

»Kann es sein, dass sich gerade was bei dir verändert? Ich meine, was das Mädchensein angeht.«

Und wieder Treffer versenkt. Mit einem Mal sah ich alles ganz klar. Ja, es hatte sich was verändert. Und wie sich da was verändert hatte. Nicht nur, dass mir Haare an den unmöglichsten Stellen wuchsen, dass ich einmal im Monat Panik hatte, diese blöden Bindenviecher würden beim Basketballspielen verrutschen, es hatte sich auch innerlich alles verdreht. Ich hatte es mir nur nicht eingestehen wollen.

»Nichts ist mehr da, wo es hingehört«, schluchzte ich und fand den Satz im selben Moment total doof. Es hörte sich an, als hätte jemand mein Zimmer aufgeräumt und mein eigenes System damit durcheinander gebracht.

»Liebes, das ist ganz normal in deinem Alter. Das sind die Hormone. Du wirst jetzt eine Frau«, sagte Mama und streichelte mir über den Kopf. »Das ist am Anfang schrecklich verwirrend, aber mit der Zeit wirst du feststellen, wie aufregend und schön es ist.«

»Ich kann da nichts Schönes dran finden«, heulte ich. »Und diesen dämlichen Hormonen habe ich nicht erlaubt in mich reinzukriechen!«

Mama konnte sich ein Lachen nicht verkneifen. Sie hatte ja Recht. Ich wusste, dass Hormone im Körper gebildet wurden. Aber ich konnte einfach nicht verstehen, warum mein eigener Körper sich gegen mich verschworen hatte.

Ich schnäuzte mir die Nase. »Die denken doch jetzt alle, ich bin völlig durchgeknallt«, sagte ich verzweifelt.

Mama lächelte mich an. »Sagen wir mal, etwas überspannt.«

Ich musste lachen, ob ich nun wollte oder nicht.

»Ist es dieser Simon?«, fragte Mama.

Ich schaute sie überrascht an.

»Er gefällt dir, oder?«

In meinem Bauch mischte sich ein Haufen Kartoffelsalat mit Zement. Oh mein Gott. Sie hatte Recht.

»Sein Hinterkopf«, sagte ich tonlos. »Es ist eigentlich nur sein Hinterkopf.«

»Kann ich verstehen«, schmunzelte Mama.

»Eigentlich mag ich ihn gar nicht«, versuchte ich die schreckliche Wahrheit mit einem letzten Aufbäumen wegzuwischen.

»Nein?« Mama grinste.

Ich schüttelte schlapp den Kopf. Was sollte das Lügen noch? Lana, sagte ich mir, sieh der Realität ins Auge. Du hasst ihn nicht, du findest ihn toll. Frag nicht, warum, nimm es einfach als Tatsache hin.

»Wenn du es dir eingestehst, ist es gar nicht mehr so schlimm«, sagte Mama. »War doch klar, dass du dich früher oder später verlieben würdest.«

Ja? War das klar gewesen? Mir nicht! Im Traum hätte ich nicht gedacht, dass mir so was jemals passieren würde.

Mama wuschelte mir durch die Haare. »Wer weiß. Vielleicht lässt du dir ja bald die Haare lang wachsen.«

Sie wusste, dass sie diesen Spruch nicht ungestraft von sich geben durfte. Mama hatte sich immer gewünscht, dass ich meine Locken lang wachsen lassen würde. Und ich hatte ihr immer gesagt, lieber würde ich mit Vollglatze durch die Gegend rennen, als mir von ihr Zöpfchen und Affenschaukeln frisieren zu lassen.

Ich stürzte mich auf sie und wir kullerten wie die Robben durch den Sand. Irgendwann hatte ich die Oberhand gewonnen, hockte auf meiner kreischenden Mutter und hielt ihre Handgelenke auf den Boden gepresst.

»Erbarmen!«, lachte sie.

»Wenn du unbedingt ein Kind mit langen Haaren haben willst, kannst du ja Finn für den Rest seines Lebens verbieten zum Frisör zu gehen!«, sagte ich gespielt drohend.

Dann ließ ich Mama frei. Durch den kleinen Kampf hatte ich die Hormone wenigstens wieder so weit im Griff, dass ich die Herrschaft über mich zurückbekam.

»Mama, sag keinem was davon, dass ich verliebt bin, ja? Es ist mir peinlich.«

»Okay. Bleibt unter uns Frauen.«

»Und schon gar nicht Jan! Der hält mich sonst für total panne.«

Als wir zurückkamen, waren die Schneiders schon gegangen. Papa und Jan wuschen das Geschirr ab.

Jan kam sofort auf mich zu. »Alles okay?«

»Ja. Alles paletti. War wohl so 'ne Art Sonnenstich.«

»Ich dachte schon, du hast 'nen Schlag weg wegen deinem Killermöwen-Erlebnis«, grinste Jan.

»Haha. Haben die anderen was gesagt?«

»Nix.«

»Nix?«

Ich konnte es gar nicht glauben. So verrückt, wie ich mich benommen hatte, musste doch jemand was gesagt haben.

»Simon fand deine Aktion cool.«

»Cool?« Ich merkte, wie sich mein Herz selbstständig machte. Bum. Bum. Bum. Hatte er wirklich gesagt, dass er mich cool fand?

»Er meinte, du wärst echt ein Terminator.«

Oh mein Gott! Von allen Vergleichen dieser Welt war das der Schlimmste. Hallo, darf ich vorstellen? Lana, der Terminator. Sie ist eigentlich ein Junge, macht sich gerne dreckig und wirft mit Würstchen um sich.

Es war einmal ein Basketballstar

»Simon fragt, ob wir mit zum Basketballspielen kommen.«

Im ersten Moment wusste ich nicht, ob ich noch träumte oder schon wach war. Ich war wohl irgendwas dazwischen.

»Wir?«, brummte ich.

»Ja, wir«, sagte Jan. »Du und ich. Erde an Lana. Aufwachen. Ich warte unten. Beeil dich. Simon ist schon vorgegangen.«

Aufwachen. Beeilen. Das hörte sich alles ziemlich kompliziert an. Simon wartete? Um Gottes willen! Das war für den frühen Morgen eine Portion Schock zu viel. Mein Bauch fing augenblicklich an zu arbeiten. Das tat er sonst eigentlich immer erst nach dem Frühstück. Hatte Verlieben am Ende auch was mit der Verdauung zu tun? Und hatte man nicht mal am frühen Morgen auf nüchternen Magen Ruhe vor diesem Verliebtsein?

Ich schleppte mich ins Bad und glotzte in den Spiegel. Schreck lass nach! Ich sah so aufgequollen wie eine fette Kröte aus. Heulen hatte bei mir verheerende Folgen. Ich schwor mir, in meinem ganzen Leben keine einzige Träne mehr zu vergießen.

Nach fünf Minuten Beschuss mit eiskaltem Wasser konnte man meine Gesichtsform wieder erahnen. Trotzdem sah ich aus, als wäre ich in der Nacht Frankenstein zum Opfer gefallen, der mir mal schnell aus ein paar alten Lappen ein neues Gesicht gebastelt hatte. So konnte ich unmöglich rausgehen.

Ich stöberte in Mamas Kulturbeutel, fand erleichtert die Antifaltencreme und las die Hinweise auf der Tube. *Glättet Fältchen. Strafft die Haut. Beseitigt Schwellungen.* Perfekt! Genau das brauchte ich jetzt. Ich nahm gleich einen ganzen Haufen und verteilte ihn im Gesicht.

Es passierte gar nichts. Ich schaute angestrengt in den Spiegel, aber meine Haut wollte weder seitlich, noch nach oben oder unten verrutschen, geschweige denn abschwellen. Sie bewegte sich nicht im Geringsten. Ich schmierte mir noch eine Portion auf die Wangen. Kein Wunder, dass alte Frauen alt werden, dachte ich, egal, wie viel von dem Zeug sie sich draufschmieren, es nützt ja gar nichts.

Doch dann spürte ich was.

»Aua!«

Plötzlich fing mein ganzes Gesicht an zu spannen, zu jucken und zu brennen. Ich bekam Panik. Das Zeug war gerade dabei, aus mir ein Skelett zu machen. Wie sollte ich bitte Simon davon überzeugen, dass ich durchaus verliebenswert war, wenn ich nur noch aus Knochen bestand? Ich rubbelte wie blöd an meinem Gesicht rum und schäumte minutenlang mit Seife, bis auch der letzte Rest Faltencreme weg war.

Ich traute mich kaum wieder in den Spiegel zu

schauen. Wie viel von mir würde noch übrig sein? Vorsichtig lugte ich zuerst mit einem Auge. Meine Gesichtsform konnte ich jedenfalls noch erkennen. Aber als ich mich traute auch das andere Auge zu öffnen, traf mich fast der Schlag.

Meine Haut hatte die Farbe von Peperoni angenommen. Absolute Feuerqualle. Ich sah aus, als wäre mir mein ganzes Leben peinlich und die Schamesröte hätte beschlossen zum Dauerzustand zu werden. Ich sah aus wie Finn nach fünf Minuten Schreikrampf. So konnte ich das Badezimmer auf keinen Fall verlassen. Was tun?

Ich schaute mich gehetzt um und entdeckte Mamas Make-up. Okay. Ich hatte keine Ahnung, wie viel von diesem Make-up-Zeugs man nehmen musste, um ein Desaster wie in meinem Gesicht zu bändigen. Ich entschied, dass ein Handteller voll reichen würde.

Ich kam mir vor wie im Kunstunterricht. Zentimeter für Zentimeter deckte ich meine Haut mit Beige ab, bis kein Rot mehr zu erahnen war. Mama streute über das Make-up meistens noch Puder. Ich wollte alles richtig machen, griff nach der Quaste und wedelte wild damit im Puderdöschen. Eine gigantische Staubwolke hüllte das Bad ein und ich musste schrecklich niesen. Als der Nebel sich gelichtet hatte, schaute ich mich zufrieden an. Ja, so würde es gehen.

Jan hatte mich auf dem Weg ein paarmal irritiert von der Seite angeguckt, aber nichts gesagt. Ich hoffte, das bedeutete, dass er meine Maskerade nicht bemerkt hatte und das auch sonst keiner tun würde. Vor allem nicht Simon. Ich wollte eine gute Figur machen. Ich wollte ihm beweisen, dass ich kein Terminator war. Und auch kein Blindgänger.

Als wir am Basketballfeld ankamen, sackten mir augenblicklich die Beine weg. Hups. Was war jetzt schon wieder los? Hatte die Antifaltencreme sich in mein zentrales Nervensystem durchgefressen?

Im nächsten Augenblick musste ich mir eingestehen, dass ich nicht Opfer einer Vergiftung war, sondern einzig und alleine von Simons Anblick Wackelpuddingbeine bekam. Er hatte kein T-Shirt an und sein Oberkörper glänzte in der Sonne. Er hechtete wie ein junger Gott mit dem Ball zum Korb empor und ließ dabei alle Muskeln spielen, die so ein Jungenkörper vorzuweisen hat. Mir war nie aufgefallen, dass es so viele waren.

Es ist nicht nur sein Hinterkopf, schoss es mir durchs Gehirn. Es ist ... es ist ... einfach alles. Von den Füßen bis zum Scheitel. Ich drohte wie Softeis zu zerschmelzen und rüttelte mich schnell wach. Reiß dich zusammen! Du brauchst deine Beine! Du brauchst deinen Kopf. Du musst jetzt Basketball spielen!

Simon kam auf uns zu. »Da seid ihr ja endlich.«

»Da sind wir ja endlich«, echote ich.

Gott, wie dämlich.

Außer Simon waren noch zwei Jungs und ein Mädchen da. Mit einem Blick hatte ich entschieden, dass ich das Mädchen nicht leiden konnte. Sie hatte affig lange Haare, mit denen sie sich den Po hätte abputzen können, und eine Nase, die so zierlich war, dass man sie sich eigentlich auch hätte sparen können. Unter keinen Umständen konnte man damit etwas riechen, geschweige denn atmen. Und ihre Klamotten! Wieso um alles in der Welt zog sie zum Sport was Bauchfreies an? Waren wir vielleicht auf einem Modelcontest?

Die Jungs sahen einigermaßen sportlich aus und hatten sonst keine besonderen Merkmale.

Simon teilte die Mannschaften ein. »Piet, Florian und Lana in die eine Mannschaft. Silvie, Jan und ich in die andere. Los geht's.«

Deutlicher konnte Simon mir keine Abfuhr erteilen. Er wollte nichts mit mir zu tun haben, nicht mal in seiner Mannschaft wollte er mich haben. Aber was hatte ich auch erwartet? Model gegen Terminator, wer würde da wohl das Herz des Prinzen erobern?

Ich musste mich schrecklich zusammenreißen, um meine Mundwinkel davon abzuhalten, neben meinen Füßen auf dem Boden zu schleifen. Ich fühlte mich völlig fertig, wie nach vierzehn Tagen Grippe mit vierzig Fieber, wie nach drei Jahren ohne Vitamin C.

Piet und Florian schauten mich kritisch von oben bis unten an.

»Du kannst doch Basketball spielen, oder?«, fragte Florian skeptisch.

Das hatte mir gerade noch gefehlt. Ich fühlte mich sowieso schon wie ein zertrampelter Wurm. Jetzt kam dieser Heini auch noch und zweifelte an meinen sportlichen Qualitäten.

»Schnall dich an«, sagte ich barsch.

Ich würde es ihnen zeigen! Allen voran Simon. Ich war gut. Ich war sogar sehr gut. Ich traf fast immer den Korb und war schnell wie ein Wiesel. Wenn ich eins konnte, dann Basketball spielen. Eine unsichtbare Vitamin-C-Spritze pumpte mir neue Lebensgeister in die Muskeln. Ich war bereit.

»Bist du blind?«, blaffte mich Florian an.

Ich hatte irgendwie nicht mitgekriegt, dass das Spiel angefangen hatte, und völlig übersehen, dass Piet mir den Ball zugepasst hatte. Was konnte ich aber auch dafür, dass Simon sich mit einer Flasche Wasser begossen hatte und die Tropfen auf seinem Körper so verwirrend glitzerten? Das war ein Foul. Das war Täuschen und Ablenken des Gegners. Das war Schiebung!

»Sie ist ziemlich blind«, lachte Simon. »Meistens hat sie die Augen ganz zu.«

Grrr. Du wirst schon noch Augen machen!, dachte ich. Ich gab mein Bestes. Ich rannte um mein Leben. Ich kämpfte. Aber irgendwie war der Wurm drin. Ich traf keinen einzigen Korb. Der Ball war wie ferngesteuert, sobald ich ihn in der Hand hatte. Irgendwie stand immer Simon im Weg und irgendwie rutschte mir bei seinem Anblick jedes Mal die Kraft aus den Armen und der Ball flog, wohin er wollte. Kaum hatte ich ihn zurückerobert, luchste Simon ihn mir ohne jede Anstrengung wieder ab. Es kam mir fast vor, als würde ich ihm den Ball freiwillig geben. Hier, bitte schön, nimm ihn, wenn du mich nur dafür magst.

Ich hatte so etwas Schreckliches noch nie erlebt. Ich kam mir vor, als wäre mein Wille aus meinem

Kopf rausgerutscht. Und je mehr ich mich anstrengte, desto schlimmer wurde es. Piet und Florian hatten schon aufgegeben zu motzen, warfen sich genervte Blicke zu und passten mir den Ball nach zehn Minuten Katastrophenbasketball einfach nicht mehr rüber. Na, super! Was sollte ich jetzt tun? Ich versuchte mich anzubieten, mich freizulaufen.

»Hier! Ich bin hier!«

Aber es nützte nichts. Ich hatte meine Chance verspielt. Wenn ich Piet und Florian gewesen wäre, ich hätte auch einen Teufel getan, mir weiterhin den Ball anzuvertrauen. Trotzdem rannte ich weiter. Hin und her über das Spielfeld. Ich schwitzte wie blöde. Und in meinem Kopf hämmerte es: Blamage! Blamage!

Jan, Simon und Silvie waren ein Traumteam. Sie spielten, als wären sie seit Jahren aufeinander abgestimmt. Durch seine Größe und die vielen Muskeln war Simon unschlagbar. Jan war ohnehin ein superguter Spieler. Und diese Silvie. Verdammt. Die war einfach klasse. Ein verdammtes Model, das Basketball spielte wie ein Profi. Nicht, dass sie unter normalen Umständen auch nur einen Funken besser gewesen wäre als ich. Sie hatte allerdings den verflixten Vorteil, nicht komplett die Kontrolle über ihren Körper verloren zu haben.

Ich war unendlich froh, als das Elend endlich ein Ende hatte. Simon, Jan und Silvie gewannen haushoch. Und ich fiel in ein brunnentiefes Loch.

»Normalerweise …«, versuchte ich mich bei Piet und Florian zu rechtfertigen, sie ließen mich aber gar nicht erst aussprechen.

»Nee, is klar«, motzte Piet. »Geh stricken!«

Bitte, liebe Terminatoren da oben im Weltall, kommt mit euren Raumschiffen und holt mich. Ich bin eine von euch. Und hier auf der Erde kann ich unmöglich eine Sekunde länger bleiben.

Jan klopfte mir auf die Schulter. »War nicht dein Tag. Mach dir nichts draus.«

Er meinte es gut, aber ich konnte das jetzt nicht ertragen. Jan wollte den Arm um meine Schultern legen, aber ich ließ ihn nicht.

»Lass mich!«

»Wir sollten öfter in einem Team spielen.«

Silvie hörte nicht auf, Jan daran zu erinnern, dass sie zusammen gewonnen hatten. Sie kicherte und gackerte in einer Tour.

»Und jetzt?«, fragte Simon.

»Schwimmen«, sagte Jan. »Ich bin total durchgeschwitzt.«

Ich schlich einfach hinterher, den Blick auf Simons Hinterkopf geheftet, der wie eine Boje war, ohne die ich wahrscheinlich total die Orientierung verloren hätte. Was ging in diesem Hinterkopf gerade vor? Dachte er an Silvie? Dachte er daran, wie toll sie Basketball gespielt hatte? Dachte er darüber nach, wie er ihr wann seine Liebe gestehen konnte?

»Was ist das denn für ein Brei in deinem Gesicht?« Silvie schaute mich irritiert an.

»Was?«

»In deinem Gesicht ist irgendeine Pampe.«

Ich griff mir an die Wange und zu meinem Entsetzen hatte ich einen teigigen Matsch an den Fingern. Oh Gott. Die drei Tonnen Schminke hatten sich durch das Schwitzen aufgelöst und zu frischem Zement verwandelt.

»Das trägt man jetzt so«, fauchte ich, nahm die Beine in die Hand, überholte die Jungs und warf mich mitsamt Klamotten in die Fluten.

Wie eine Irre rubbelte ich mir die Pampe vom Gesicht. Blamage! Blamage!, schoss es mir durch den Kopf. Sollte ich einfach im Meer hocken bleiben und nie wieder an Land gehen? Vielleicht wuchsen einem ja irgendwann Flossen, wenn man nur lange genug Salzwasserkontakt hatte. Und wenn ich erst Flossen hatte, würde ich eben als Terminator-Meerjungfrau leben. Vielleicht würde sich irgendein Pottwal erbarmen und sich in mich verlieben.

Als ich dann doch ans Ufer zurückkam, stand Simon in seiner vollen Pracht vor mir und schaute mich kopfschüttelnd an.

»Du bist wirklich hammerhart«, sagte er und ging dann an mir vorbei ins Wasser.

Er hatte ja so Recht. Während Silvie in einem total schönen Bikini ins Wasser stolzierte, stand ich wie ein begossener Pudel in Shorts und T-Shirt am Ufer. Während alle anderen ganz normale Teenager waren, bildeten sich in meinem Gesicht Pampen, vergaß ich von jetzt auf gleich, was ein Basketballkorb war, und warf mit Würstchen um mich. Terminator. Eindeutig. Hormonverseuchter Terminator.

»Du bist so still. Was ist denn los?«, fragte Jan, ohne dass die anderen was mitkriegten. Wir lagen zum Trocknen in der Sonne.

»Nichts.«

»Ist dir schlecht?«
»Nein.«
»Soll ich dir ein Eis holen?«
»Nein.«
»Fritten?«
»Nein. Lass mich einfach in Ruhe.«
Na toll! Ich hatte meinen besten Freund ohne jeden Grund angemotzt. Er versuchte mir etwas Gutes zu tun und ich schlug ihn vor den Kopf. Terminator. Eindeutig Terminator.
»Ich geh«, sagte ich.
»Ich komm mit«, beeilte sich Jan.
»Nein. Ich ... ich ... will allein sein.«
Ich drehte mich einfach um und ging. Wozu sollte ich noch länger bleiben? Um mich noch mal lächerlich zu machen? Um noch einen Beweis dafür zu liefern, dass ich hammerhart war? Nein, danke.

Ich schleppte mich nach Hause, schlich ungesehen an Mama und Papa vorbei, die gerade dabei waren, Finn zu wickeln, und kroch ins Bett.

Der Deal

Ich schüttelte über mich selbst den Kopf. Draußen schien die Sonne und ich lag im Bett, jammerte und schwitzte. Zu was für einem Schlappi hatten mich diese dämlichen Hormone bloß gemacht? Fiel mir gar nichts anderes mehr ein als Heulen und Zähneknirschen? Musste ich, nur weil ich jetzt eine Frau wurde, den ganzen Tag depressiv sein? Das war ja wohl nicht einzusehen!

Ich schlug die Decke zurück, streckte mich und führte ein ausgiebiges Selbstgespräch: »Also, Lana. Fassen wir mal zusammen: Du bist, ob du es nun willst oder nicht, mitten in der Pubertät gelandet. Pech gehabt. Dachtest wohl, es würde ausgerechnet dich verschonen. Pustekuchen. Und, was gehört zu so einer Pubertät dazu? Die Tatsache, dass man sich verliebt. So weit, so gut. Nun gibt es aber außer dir noch andere weibliche Wesen auf diesem Planeten. Konkurrenz nennt man das, Lana. Konkurrenz belebt das Geschäft, sagt Papa immer. Also, kein Grund, den Kopf in den Sand zu stecken. Wie wäre es mit ein bisschen Kampfgeist? Noch ist nichts entschieden! Noch hast du eine reelle Chance! Es ist wie bei den Bundesjugendspielen. Auch wenn du weit hinten liegst, kannst du noch all deine Reserven mobilisieren und aufholen ... Es gibt da nur ein Problem. Du kannst nur aufholen, wenn du im Training bist. Und das bist du nicht. Du bist absolute Anfängerin. Du hast keinen blassen Schimmer, wie sich Mädchen verhalten. Du brauchst jemanden, der dir diesen ganzen Schlamassel erklärt. Du brauchst einen Trainer. Und zwar schnell. Okay, da hast du wieder ein Problem. Du bist nicht zu Hause. Du kannst nicht einfach ein Mädchen aus deiner Klasse auf die Seite ziehen und dich coachen lassen. Du musst ... du musst ... oh mein Gott ... du musst etwas echt Abgefahrenes tun, Lana! Du musst in die Höhle des Löwen. Du musst den Champion zum Trainer machen.«

»Hi.«

Silvie schaute mich an wie ein Bagger, ließ mich aber eintreten.

»Hi. Was ...?«

»Ich dachte, wo wir hier nun schon die einzigen Mädchen in unserem Alter sind und jetzt zu so was wie einer Clique gehören, da könnten wir uns doch auch mal alleine treffen.«

Super Anfang, stöhnte ich innerlich. Wieso hatte ich nicht gleich gesagt, ich finde dich zwar total bescheuert und wünsche dich dahin, wo der Pfeffer wächst, aber meine Hormone treiben mich dazu, dich in deiner Funktion als geübtes Mädchen in Anspruch zu nehmen.

Silvie schaute mich prüfend an. »Bist du eigentlich immer so ... so ...«

»Verspannt? Nein. Gar nicht. Ich hab …«

»Deine Tage?«

»Genau.«

Gelogen. Aber zum ersten Mal, seit ich vor einem halben Jahr meine Periode bekommen hatte, war ich froh, dass es sie gab. Für Silvie schienen meine Tage Grund genug zu sein, dass ich mich verspannt benahm.

Sie lächelte verständnisvoll. »Als Frau hat man es nicht leicht.«

Wenn sie wüsste, wie Recht sie da hatte!

Sie zwinkerte mir zu. »Aber Tampons sei Dank, was?«

»Ja, echt«, bestätigte ich schnell.

Wieder gelogen. Ich hatte in meinem ganzen kurzen Leben mit Periode noch nie einen Tampon benutzt. Ich hatte einen Heidenrespekt vor diesen Dingern. Und wenn ich ehrlich war, hatte ich auch einen Heidenrespekt vor Mädchen, die Tampons benutzten.

»Du, Silvie. Also, Basketball kannst du echt gut. Bist du im Verein?«

»Ja.«

»Ich auch.«

»Hm. Viel hat man davon ja heute nicht gesehen.«

Ich beschloss, Silvie weder an die Gurgel zu springen noch groß und breit zu erklären, dass das heute eine absolute Ausnahme gewesen war.

Ich blieb sanft wie ein Osterlamm und versuchte Konversation zu machen. »Jan ist auch im Verein.«

Hups. Silvie bekam mit einem Mal rote Ohren

und glotzte mich an, als hätte ich ihr ein Sahnetörtchen angeboten.

»Wie alt ist Jan eigentlich?«, fragte sie.

»Vierzehn.«

»Und welches Sternzeichen.«

»Waage.«

»Und Aszendent?«

»Was weiß ich.«

Was sollte diese Fragerei?

»Hat er denn eine Freundin?«

»Nein, hat er nicht.«

Auf Silvies Gesicht breitete sich Entspannung aus. War das Verhör jetzt beendet?

»Das ist doch schon mal was«, sagte sie und schnalzte mit der Zunge.

Im Zeitraffer schepperte in meinem Gehirn etwas und dann kapierte ich die Lage. Oh mein Gott. Silvie Supermodel war scharf auf Jan. Ich konnte es nicht fassen!

»Auf was für Mädchen steht er denn so?«

Eindeutig. Sie war völlig närrisch nach ihm. Und das nach einem einzigen Nachmittag. Die inneren Werte konnten es da wohl nicht sein, oder? Ich rief mir schnell mal ein Bild von Jan auf die Mattscheibe und checkte es ab. Straßenköterblonde normal lange Haare, grüne Augen, lange Wimpern, 'ne Haut wie ein Babypopo (von Babypopos hatte ich immerhin eine Ahnung), breite Schultern, Waschbrettbauch, muskulöse Beine ... Ich konnte das natürlich nicht so sehen, aber objektiv betrachtet war Jan keine schlechte Partie. Trotzdem. Dass sich jetzt Supermodels in ihn verguckten, kam mir spanisch vor.

Und dass sich Supermodels in ihn verguckten, obwohl Simons Hinterkopf zum Greifen nah war, kam mir sogar portugiesisch vor.

»Sag schon! Eher auf blond? Oder braun?«

Silvie ließ nicht locker. Aber woher sollte ich das wissen?

»Jan hat mit Mädchen nix am Hut … nur rein freundschaftlich.«

Silvie lachte sich schlapp.

»Was ist so lustig?«, fragte ich unwillig.

»Ich kenne die Jungs. Und eins kannst du mir glauben: Jan interessiert sich für Mädchen. Ganz eindeutig.«

Was wusste die schon? Wer war hier seit Jahren täglich mit Jan zusammen? Wer kannte sich in seinem Inneren besser aus als in seiner eigenen Hosentasche? Wer war hier der Blutsbruder? Oder vielmehr die Blutsschwester.

»Ich kenn ihn ein bisschen besser als du.«

Silvie zuckte die Schultern, sie schien sich ihrer Sache ziemlich sicher zu sein. »Jedenfalls ist er echt süß. Kannst du nicht mal nachhorchen, was er von mir hält?«

Ich verzog genervt das Gesicht.

Silvie legte den Kopf schief und klimperte mit den Augenlidern. »Dann helfe ich dir auch mit Simon.«

Verdammt! Trug ich etwa ein Schild auf der Stirn? *SIMON, I LOVE YOU?* Oder wieso konnte das jeder sehen, zumindest jedes weibliche Wesen?

»Ähm …«

»Also, was sagst du? Wir helfen uns gegenseitig. Frauen müssen doch zusammenhalten.«

Tja, wie sollte ich da noch widersprechen? Tatsächlich brauchte ich Silvies Hilfe. Ich hatte allerdings nicht damit gerechnet, in Gegenleistung treten zu müssen. Aber wenn man sich die Situation mal genau anschaute, hatte ich allen Grund zur Freude. Wenn Silvie sich nicht für Simon interessierte, musste ich sie nicht aus dem Feld räumen. Dann konnte ich all meine Energien darauf verwenden, meinen Trainingsrückstand aufzuholen.

»Abgemacht.«

Silvie schüttete uns Cola ein und prostete mir zu. »Hast du schon mal geküsst?«

Ich verschluckte mich, musste schrecklich husten und schüttelte den Kopf.

»Gar nicht?«

»Nee, gar nicht.« Wenn die wüsste, dass ich bis vor ein paar Tagen nicht mal Hormone hatte. »Hast du schon?«

»Klar.«

Klar. Dumme Frage. Natürlich hatte sie schon geküsst. Sie nahm ja sogar Tampons.

Ich beschloss, nicht weiter um den heißen Brei herumzureden. »Ich glaube, ich bin nicht so … ähm … geschickt, was … na ja … die weibliche Raffinesse angeht. Ich … ähm …«

»Du benimmst dich wie ein Junge.«

Danke! Besser hätte ich es auch nicht zusammenfassen können.

»Du bist ein bisschen zu sehr wie ein Bauarbeiter«, überlegte Silvie jetzt mit krauser Stirn.

»Terminator«, rutschte es mir raus.

»Na ja, ganz so schlimm ist es nicht.« Silvie schaute mich prüfend an. »Dabei bist du eigentlich ganz hübsch. Ein bisschen längere Haare stünden dir gut.«

»Ich wollte sie ohnehin wachsen lassen.«

Ich konnte nicht glauben, was ich da gesagt hatte. Verlor man denn mit dem Einzug der Hormone jegliche Prinzipien?

Silvie klatschte unternehmungslustig in die Hände. »Also. Als Allererstes: dein Gang.«

»Wie, mein Gang?«

»Bauarbeiter.«

»Ich finde meinen Gang okay!«

»Willst du, dass Simon sich für dich interessiert, oder nicht?«

Ja, das wollte ich. Ich riss mich am Riemen und atmete tief durch. Koste es, was es wolle. Von mir aus auch meinen Gang!

»Also gut.«

Und dann stolzierte Silvie eine halbe Stunde vor mir auf und ab. Und kurz bevor sie völlig verzweifelte, hatte ich kapiert, wie das mit dem mädchenhaften Gang funktionierte.

Ein heimlicher Poet

»Hast du was am Fuß?«, fragte Mama beiläufig, als ich zurückkam.

Ich antwortete nicht. Sie würde sich schon an meinen neuen Gang gewöhnen.

»Ich hab Hunger.«

»Essen steht auf dem Tisch.«

Mama hatte mir die Reste vom Abendessen aufbewahrt. Ich stopfte mir den Mund voll. Dieses Mädchenwerden war verdammt anstrengend und verbrauchte offenbar massig Kalorien.

Jan saß auf der Veranda und schrieb irgendwas. Mit einem Kotelett in der Hand setzte ich mich ihm gegenüber. Sofort steckte er den Zettel in die Hosentasche.

»Was schreibst du denn Geheimes?«, fragte ich neugierig.

»Was wolltest du denn bei Silvie?«, konterte er.

»Frauensache. Also, was hast du geschrieben?«

»Privatsache.«

Das war ja ein sehr sinnvolles Gespräch. Ich versuchte etwas Witziges zu sagen, aber mir fiel nichts ein. Es herrschte eine unangenehme Stille und ich fragte mich, was los war. Seit ich Jan kannte, war uns noch nie der Gesprächsstoff ausgegangen. Und wenn wir mal nichts sagten, dann war die Stille nie unangenehm gewesen. Wir hatten allerdings auch noch nie Geheimnisse voreinander gehabt. Ich überlegte, ob ich ihn jetzt nach seiner Meinung zu Silvie ausfragen sollte, kam aber nicht dazu.

»Ist alles in Ordnung zwischen uns?«, fragte Jan.

»Was soll denn sein?«

»Weiß nicht.«

»Ich auch nicht.«

»Also ist nix.«

»Genau. Ist nix.«

Das Gespräch wurde nicht gerade sinnvoller. Und die Stille wurde auch nicht gerade erträglicher.

Jan hatte den rettenden Einfall. Er schnappte sich den Basketball und warf ihn mir zu.

»'ne Runde?«

»Klar.«

Beim Basketball muss man wenigstens nicht reden, dachte ich erleichtert. Während wir Körbe warfen und uns gegenseitig den Ball abluchsten, ratterte es in meinem Gehirn allerdings weiter. Was hatte Jan geschrieben?

Als Jan zum Duschen im Bad verschwunden war, schlich ich mich in unser Zimmer und stöberte in seiner Jeans nach dem Zettel. Nichts. Ich schaute in seinem Nachttisch nach und im Schrank. Nichts. Als ich gerade Jans Matratze hochhob, kam Mama ins Zimmer.

»Was machst du denn da?«

»Lüften. Jan pupst immer so in die Matratze.«

Mama lachte mich ungläubig an. Dann streckte sie mir etwas entgegen. »Lag unter Finns Lammfell.«

Ich nahm ihr einen Zettel aus der Hand. Jans Zettel. Die Neugierde zuppelte an mir wie ein tollwütiger Dackel.

Kaum war Mama aus der Tür, faltete ich das Blatt auf und las mit zunehmendem Unglauben.

Deine Haare sind so weich wie Wolle.
Ich mag dich ganz dolle.
Deine Augen strahlen wie die Sterne.
Ich hab dich so gerne.
Wenn du Basketball spielst wie ein Star.
Find ich dich einfach so wunderbar.
So wie du sollten alle Mädchen sein.
Aber dich möchte ich für mich ganz allein.
Wie soll ich es dir bloß sagen?
Ich kann dich doch nicht einfach fragen.
Du würdest sicher lachen.
Ich will mich nicht lächerlich machen.

Ich war wie vom Donner gerührt. War das die Möglichkeit? Hatte ich nicht vorhin bei Silvie noch Stein und Bein geschworen, dass Jan sich nicht für Mädchen interessierte? Blutsschwester hin, Blutsbruder her, so konnte man sich irren. Hormone machten es möglich! Jan war verliebt.

Ich musste mich erst mal hinsetzen. Ich hatte irgendwie wackelige Beine. Jan schrieb Liebesgedichte. Das war eine so verrückte Neuigkeit, dass mir der Kopf schwirrte. Und dieses Gedicht war auch noch unglaublich schön. Man hätte es irgendwo einschicken können und es wäre unter Garantie veröffentlicht worden.

Ich las es gleich noch einmal und schüttelte fassungslos den Kopf. Kein Wunder, dass es zwischen uns eben komisch war, dachte ich. Wir waren beide verschossen. Ich in Simon. Jan in Silvie. Und beide hatten wir es dem anderen nicht sagen wollen. Bei so vielen Geheimnissen konnte schon mal eine merkwürdige Stille auftreten.

Ich las das Gedicht noch ein drittes Mal und musste immerzu seufzen. Jan hatte es im Gegensatz zu mir verdammt gut. Silvie liebte Jan und Jan liebte Silvie. Er bekam alles auf dem Silbertablett serviert. Er brauchte keine Trainingsstunden. Verflucht, war das Leben ungerecht! Wieso konnte Simon mir nicht solche Gedichte schreiben? Aber was sollten das schon für Gedichte sein?

Wie du neben die Körbe wirfst die Bälle, verursacht bei mir eine Liebeswelle? Oder: *Wie dir die Pampe vom Gesicht tropft, so hat mein Herz für dich geklopft?*

Um einen Jungen zu poetischen Ergüssen zu inspirieren, musste man schon wie Silvie sein. Einen Gang haben. Tampons nehmen. Lange blonde Haare vorweisen, die man sich hinter die Ohren schieben konnte. Terminatoren jedenfalls bekamen keine Liebesgedichte gewidmet.

Ich hörte Jan unter der Dusche pfeifen. Er hörte sich an wie immer und doch war alles anders. Ich musste mich wohl damit abfinden, dass ich ab jetzt nicht mehr die Nummer eins in seinem Leben sein würde. Die Vorstellung, dass Jan von nun an lieber mit Silvie Basketball spielen würde, tat ein bisschen weh, aber ich wollte schließlich auch lieber mit Simon Basketball spielen, wenn ich denn irgendwann in hundert Jahren wieder in der Lage sein würde, Basketball in Simons Gegenwart zu spielen.

Wenn Jan wüsste, was ich wusste, dachte ich. Irgendwie war es ja richtig, dass ich als beste Freundin ihm die glorreiche Nachricht überbringen würde.

Ich probte schon mal meinen großen Auftritt. »Jan, deine Gefühle werden erwidert.« Oder lieber: »Jan, du wirst es nicht glauben, aber deine Angebetete liebt dich auch.« Oder noch besser: »Jan, dein Leiden hat ein Ende, denn du wirst dich nicht lächerlich machen.«

Ich hörte die Badezimmertür ins Schloss fallen. Jan kam mit nassen Haaren ins Zimmer und wäre beinahe rückwärts wieder rausgelaufen. Sein Gesicht sah aus, als hätte er eben den Weltuntergang gesehen.

Er deutete auf den Zettel in meinen Händen und stotterte: »Du-du-du hast es-es-es gelesen?«

»Ja, Mama hat es gefunden. Es ist schön.«

Jans Augen strahlten mit einem Mal. »Findest du echt?«

»Ja, sehr. Hättest du mir ruhig freiwillig zeigen können.«

Jan schaute mich an, als habe er mich noch nie zuvor gesehen. Irgendwie sah er fast ein bisschen gaga aus. »Und du bist nicht …?«, fragte er, ohne den Satz zu beenden.

»Eifersüchtig?«, schlug ich vor. »Doch, ein bisschen schon.« Ich grinste und boxte Jan in die Rippen. »Aber Liebe und Freundschaft sind nun mal zwei verschiedene Sachen. Und dass du Silvie liebst, heißt ja nicht, dass ich nicht weiter deine beste Freundin sein kann, oder?«

Jan antwortete nicht, sondern glotzte mich verwirrt an.

»Oder?«, fragte ich noch mal.

»Silvie?«, stammelte Jan.

Oje. Bei Jungs schienen Hormone noch verheerendere Folgen zu haben als bei Mädchen.

»Ja, ich weiß schon, was dir an ihr gefällt«, sagte ich einfühlend. »Sie ist ein richtiges Mädchen. Nicht so ein Terminator wie ich. Aber ich werde jetzt auch ein richtiges Mädchen.« Zum Beweis machte ich ein paar Schritte in meinem neuen Gang. Ich wollte jetzt keine Geheimnisse mehr vor Jan haben. Auch er sollte wissen, wie es um mich bestellt war. »Und dann schreibt mir Simon vielleicht auch so ein schönes Gedicht.«

»Simon?«

Jan schien die Liebe wirklich aufs Sprachzentrum geschlagen zu sein.

»Ja, meinst du, ich habe eine Chance bei ihm? Wenn ich mir so richtig Mühe gebe?«

»Chance?«

»Ist schon komisch, oder? Da trifft es uns beide zur selben Zeit. Wo ich hätte schwören können, wir würden für immer von diesen Liebesdingen verschont bleiben. Tja, was diese Hormone so alles anrichten können.«

Ich lachte. Jan nicht. Warte nur, bis ich dir die frohe Botschaft überbracht habe, dachte ich. Dann hörst du gar nicht mehr auf zu lachen.

Ich stellte mich in Positur und räusperte mich salbungsvoll. »Jan, ich muss dir was sagen ...«

Aber dazu kam ich nicht.

»Ich will nix hören«, motzte Jan, drehte sich weg und ließ mich einfach stehen.

Unverschämtheit! Was fiel ihm denn ein? Das ging nun wirklich zu weit. Wenn Silvie jetzt die Nummer eins in seinem Leben war, dann konnte Silvie sich auch mit Jans Launen beschäftigen. Ich jedenfalls stand dafür ab sofort nicht mehr zur Verfügung. Das fiel nun wirklich nicht mehr in meinen Zuständigkeitsbereich. Ich schnaufte vor Empörung.

»Find doch selber raus, dass Silvie in dich verschossen ist«, grummelte ich. »Mir doch egal, ob du glücklich wirst.«

'ne dicke Lippe riskieren

Beim Frühstück sagte ich keinen Ton. Jan sagte auch keinen Ton. Mama und Papa wechselten jede Menge Blicke. Doch ehe einer von beiden dumme Fragen stellen konnte, klopfte es an der Tür und ich stapfte ohne den geringsten Gedanken an meinen formvollendeten Gang hin und öffnete.

»Hi.«

Vor mir im Türrahmen standen Silvie und Simon. Mein Herz machte einen Salto mortale und aus meinem Hals hüpfte ungefragt und ungebremst ein fetter Rülpser.

Für einen Moment versteinerte die Zeit und ich konnte nur eins denken: Wieso springt mir nicht gleich eine schleimige warzige Kröte aus dem Mund?

Simon schaute mich mit angewidert hochgezogener Augenbraue an und Silvie atmete tief durch. Wahrscheinlich dachte sie in diesem Moment, dass bei mir alle Nachhilfe der Welt vergeblich war.

»Wir haben uns am Strand getroffen und wollten mal gucken, was ihr vorhabt«, sagte sie und schaute mich eindringlich an.

»Oh«, erwiderte ich knapp. Ich hatte Angst, den

Mund auch nur eine Sekunde länger offen zu lassen. Wer wusste, was als Nächstes aus ihm herauskommen würde?

Den Weg zurück zur Küche legte ich so elfengleich stolzierend zurück, wie ich nur konnte. Das war gar nicht so einfach mit puddingweichen Knien und Simons eisigem Blick im Rücken.

»Nicht weit von hier gibt es einen Minigolfplatz«, flötete Silvie in Jans Richtung. »Sollen wir da nicht mal hin?«

Wir spazierten los. Silvie hielt mich nach ein paar Metern zurück.

»Und? Hast du schon was rauskriegen können?«

»Nee, leider nicht«, log ich. »Ich hab mal unauffällig das Thema auf dich gelenkt, aber er ist nicht drauf eingestiegen.«

Silvie war enttäuscht. Ich werde einen Teufel tun, für euch den Amor zu spielen, dachte ich.

»Ich kann ja schlecht mit der Tür ins Haus fallen, oder?«, fragte ich scheinheilig.

»Nee, bloß nicht. Bleib unauffällig.« Silvie atmete noch einmal tief durch und setzte dann ein gut gelauntes Gesicht auf. »Und nun zu dir.« Sie hielt mir unauffällig ein Lipgloss hin. »Glänzende Lippen sind total erotisch … Wenn man nicht gerade rülpst.«

»Meinst du, ich mach das extra?!«, fauchte ich.

»Du hast dich einfach nicht unter Kontrolle.«

Silvie drückte mir das Gloss in die Finger und ich schmierte es mir auf die Lippen. Bah, war das eklig klebrig. Egal, dachte ich. Silvie nahm Tampons und hatte Jungs geküsst. Ich musste ihr vertrauen.

»Und dazu die passende Schmolllippe.« Silvie schürzte die Unterlippe und sah aus, als habe sie eine dicke Lippe riskiert und heftig eins aufs Maul bekommen.

Ich zeigte ihr einen Vogel. »Das sieht komplett bescheuert aus.«

Silvie zuckte die Schultern. »Seit Brigitte Bardot stehen die Männer auf Schmolllippen.«

Ich kannte diese Brigitte Bardot nicht und ich konnte mir beim besten Willen nicht vorstellen, was Männer an so einer Monsterlippe finden sollten.

Aber gut. Tampons. Jungs geküsst. Ich klappte meine Unterlippe vor.

»Ja, gar nicht schlecht. Und jetzt ...« Silvie legte den Kopf schief, als habe sie einen Genickbruch und schaute mit dümmlichen Hundeaugen von unten zu mir hoch.

»Was um alles in der Welt soll das denn nun?«, fragte ich fassungslos.

»Hast du noch nie einen Liebesfilm gesehen? Da machen die das immer so.«

Ich protestierte nicht länger, legte den Kopf schief und machte einen auf gehirnamputierten Terrier. »Ich komm mir blöd vor.«

Silvie seufzte. »Und dann musst du dem Jungen immer Komplimente machen. Sie lieben es, wenn man sie anhimmelt.«

»Das ist doch Schwachsinn.« Ich hatte Jan noch nie Komplimente gemacht und er hatte sich noch nie beschwert.

Silvie zuckte wieder die Schultern. »Ich beweise es

dir«, sagte sie, legte selbst noch einmal Lipgloss auf und stolzierte zu den Jungs.

Ich pirschte mich näher heran und beobachtete alles genau. Silvies Lippe schwoll an, ihr Hals knickte ein und sie schaute zu Jan hoch, als wolle sie jeden Moment bellen.

»Du kannst sicher total gut Minigolf spielen. Ach, was rede ich. Du kannst wahrscheinlich jeden Sport total gut, bei den Muskeln.«

Gott im Himmel war das überzogen! Da mussten Jan doch alle Liebesgefühle eingehen wie eine vertrocknete Tulpenzwiebel. Aber nichts da.

»Na ja. Ich bin nicht gerade unsportlich. Aber du ja auch nicht. Bei der Figur.«

Mir wurde ein bisschen schlecht. Bestimmt, weil ich zum Frühstück keinen Bissen runtergekriegt hatte. Vielleicht aber auch, weil bei den beiden alles so einfach war und bei mir alles so aussichtslos.

Lana, wie war das mit dem Kampfgeist?, dachte ich schnell. Die Masche mit der dicken Lippe und den Komplimenten zog offensichtlich, also nichts wie ran an den Speck.

Ich brachte mich im formvollendeten Gang auf gleiche Höhe mit Simon, legte den Kopf schief und schürzte die Unterlippe, so gut ich konnte. Simon würdigte mich keines Blickes.

Komplimente! Komplimente!, dachte ich angestrengt. Aber was für Komplimente sollten das sein? Ich konnte ihm doch kein Kompliment über seinen Hinterkopf machen. Das war schon einmal gründlich schief gegangen. Okay, damals hatte ich ihn kurz zuvor umgerannt, hatte weder die Lippen geschürzt noch den Kopf schief gelegt, aber selbst wenn ich das jetzt tun würde, käme das Hinterkopfkompliment sicher trotzdem nicht gut.

Also, was wollten Jungs gerne hören?

Du bist so intelligent.

Du bist so gut angezogen.

Du hast eine klasse Frisur.

Du bist genau richtig groß.

Das war doch alles albern.

Als wir den Minigolfplatz erreicht hatten, hatte ich noch immer keinen Ton gesagt, geschweige denn ein Kompliment von mir gegeben. Konnte ich auch gar nicht. Mein ganzer Mund war voller Spucke. Mit so einer Monsterlippe war es einfach unmöglich, ordentlich zu schlucken.

»Wir spielen gemischtes Doppel. Ich mit Jan und Lana mit Simon.« Silvie zwinkerte mir zu.

Simon stöhnte leise.

War das schrecklich! Der Junge, dessen Herz ich gewinnen wollte, bekam schon Bauchkrämpfe, wenn er nur mit mir zusammen Minigolf spielen sollte.

Okay, sagte ich mir, jetzt zeigst du ihm, dass du kein Komplettausfall bist. Wenn ich schon beim Basketball versagt hatte, wollte ich jetzt wenigstens glänzen.

Leider hatte ich aber nicht damit gerechnet, wie schwer es war, mit schief gelegtem Kopf ein Ziel anzuvisieren. Ich traf immer als Letzte das Loch.

Simon stöhnte. »Wie blind bist du eigentlich?«

Es war zum Verzweifeln. Ich beobachtete Silvie,

um herauszufinden, wie sie den schiefen Kopf und Minigolfspielen übereinbrachte.

Zu meiner Überraschung traf Silvie auch kein einziges Loch. Ich fasste es nicht. Wenn sie es zuließ, unter den Augen ihres Schwarms so zu versagen, dann war sie am Ende doch nicht die richtige Trainerin für mich. Aber im nächsten Moment kapierte ich, dass die unfähige Nummer zu Silvies perfektem Plan dazugehörte.

»Jan, kannst du es mir nicht zeigen?«, säuselte sie.

Jan stellte sich bereitwillig neben Silvie und machte ihr vor, wie sie den Minigolfball am besten anschlagen sollte.

»Hm. Ist das kompliziert«, hauchte Silvie, als sei sie ohne Kopfinhalt auf die Welt gekommen. »Kannst du mir nicht helfen?«

Sie stellte sich kurzerhand vor Jan, griff nach seiner Hand und brachte ihn dazu, mit ihr zusammen den Schläger zu führen. Dabei drückte sie sich ganz nah an ihn ran. Und als der Ball auf diese Art und Weise tatsächlich sein Ziel erreichte, drückte sie ihm einen Kuss auf die Wange und jubelte, als habe sie im Lotto gewonnen. Jan wurde ganz rot.

Verdammt, sie war einfach eine Weltmeisterin. Sollte ich Simon jetzt auch fragen, ob er mal Hand anlegen könnte? Ich brachte es einfach nicht fertig. Stattdessen mühte ich mich weiter ab, bis mir der Schweiß auf der Stirn stand.

Simon kochte. »Kauf dir mal 'ne Brille.«

Auf der letzten Bahn schleuderte er entnervt seinen Schläger ins Gebüsch. »Ätzend.«

Jan und Silvie hatten gewonnen. Mein Nacken tat

höllisch weh. Meine Laune war auf dem Tiefpunkt. Und als ich mit letzter Kraft versuchte mit dicker Lippe ein Eis zu lutschen, landete das Eisbällchen mit einem flutschenden Geräusch auf meinem T-Shirt. Na bravo, dachte ich resigniert, ich bin ätzend und ein hoffnungsloser Fall.

Aus dem Abseits mit der Abseitsregel

»Was soll ich tun?«, wisperte ich Silvie verzweifelt zu.

»Reiß dich zusammen.«

»Ich reiß mich ja zusammen. Aber es klappt einfach nicht«, krächzte ich hilflos. »Sag mir, was ich machen soll. Es muss doch irgendwas geben. Ein Geheimrezept.«

Silvie schüttelte den Kopf, runzelte die Stirn, schüttelte wieder den Kopf und nickte schließlich. »Okay. Deine letzte Chance. Versau sie also nicht. Finde irgendein Thema und tu so, als hättest du von nix 'ne Ahnung. Dann kann er angeben. Das machen Jungs gerne.«

Das sollte meine letzte Chance sein? Ich hatte noch nie mitgekriegt, dass Jungs besonders gerne angaben. Jan jedenfalls tat das nie. Oder gaben Jungs nur vor Mädchen gerne an, die nicht ihr bester Kumpel waren? Ich beschloss, dass der Vergleich Jan und Simon nichts taugte und es meine letzte Rettung war, mich an Silvies Rat zu halten.

Ein Thema musste also her. In meinem Gehirn fand sich aber kein Thema, sondern ein Haufen Sperrmüll. Ich wollte Silvie schnell nach dem ultimativen Thema fragen, aber die hing schon wieder an Jans Seite und war mit ihrem eigenen Thema beschäftigt. Ich musste also wohl oder übel selbst kreativ werden.

Das Wetter?

Aber wieso um alles in der Welt sollte ich vom Wetter keine Ahnung haben? Schließlich konnte doch jeder sehen, dass die Sonne schien. Beim Thema Wetter gab es wirklich keine noch so kleine Möglichkeit anzugeben.

Die Schule?

Genauso blöd. Ich war in der Schule. Simon war in der Schule. Jeder war in der Schule.

Ich wollte gerade verzweifeln, als ich wie vom Blitz getroffen eine Eingebung hatte. Ja, das konnte klappen! Nur Mut!

Schnell hastete ich zu Simon und quatschte ihn an, bevor mich mein von Sekunde zu Sekunde schrumpfendes Mütchen wieder verlassen konnte.

»Weiß auch nicht, wie ich da jetzt draufkomme, aber ich hab mich immer schon gefragt, wie diese Abseitsregel beim Fußball funktioniert«, sagte ich dann spontan.

Natürlich wusste ich, wie das Abseits geregelt ist, aber ich wusste auch, dass Jungs gerne darüber sprachen.

Simon schaute mich an, als wolle er mich mit Blicken ins Jenseits befördern, räusperte sich dann aber und begann gedehnt mir die Abseitsregel zu erklären.

Ich nickte in einer Tour und versuchte so zu gucken, als würde Franz Beckenbauer persönlich über hochkomplizierte Spielstrategien referieren. Simons Stimme wurde immer lebendiger. Er redete sich so richtig in Fahrt. Und ich stellte mich so richtig dumm.

»Ich kapier das einfach nicht.«

Simon nahm einen Stock vom Boden auf und kratzte mit ein paar Strichen ein Fußballfeld in den Dreck. Ich verkniff mir unter großer Anstrengung ein Gähnen und säuselte hier und da ein paar Worte vor mich hin.

»Interessant.«

»Was du alles weißt.«

»Das ist ja kompliziert.«

»So gut hat es noch keiner erklärt.«

»Jetzt hab selbst ich es verstanden.«

Dieses Dummstellen war ein absolutes Zaubermittel. Von Simons Groll gegen mich war nichts mehr übrig. Er strahlte mich an.

Jungs sind so einfach strukturiert, dachte ich. Einmal Abseits erklärt und schon ist man raus aus dem Abseits.

»Mädchen können halt nicht so abstrakt denken«, sagte er zufrieden.

»Stimmt. Sie sind zu einfach strukturiert«, sagte ich süß.

Als wir nach Hause zurückkamen, sah mich Papa mitleidig an.

»Du siehst ganz fertig aus. Im Urlaub soll man sich doch erholen.«

»Ich bin erholt«, sagte ich schnell, aber das stimmte nicht.

Ich war tatsächlich völlig fertig. Nach fünf Stunden Genickstarre, Schluckbeschwerden und Sich-dumm-Stellen war ich reif fürs Sanatorium.

»Ich geh in die Sauna«, sagte Papa. »Wollt ihr mit?«

»Ja«, sagte Jan sofort.

Ich wollte auch zusagen. Wohlige Wärme für die angespannten Muskeln und das trübe Gehirn wäre jetzt genau richtig. Aber ich schluckte die Antwort runter. Irgendwie hatte ich mit Jan zusammen keine Lust. Sollten sie doch Männerwirtschaft machen und sich beim Schwitzen über Autos unterhalten.

Jan und ich waren immer noch quasi im Streit. Den ganzen Nachmittag über hatten wir kaum ein Wort miteinander gewechselt. Wie auch? Silvie und Jan turtelten die ganze Zeit rum. Und ich hatte schließlich Simons Aufmerksamkeit auf mich lenken müssen. Trotzdem. Ich fand, Jan schuldete mir noch eine Entschuldigung für sein blödes Benehmen von gestern Abend. Zumindest eine ganz kleine.

Ich setzte mich mit letzter Kraft zu Mama auf die Terrasse.

»Und? Wie war der Nachmittag?«, fragte sie.

»Ganz gut«, gähnte ich. »Aber Frausein ist verdammt anstrengend!«

»Wieso?«

Wieso? Das lag doch wohl auf der Hand. Mochte ja sein, dass man sich nach fünfzehn Jahren Ehe das Kopf-schief-Legen sparen konnte, aber Mama musste sich doch daran erinnern, wie anstrengend es früher gewesen war.

»Weil man die ganze Zeit aufpassen muss, dass man nichts falsch macht.«

Mama schaute mich verwirrt an. »Was sollst du denn falsch machen können?«

»Na, alles. Jungs kann man ja nicht angucken, anquatschen und anbaggern, wie einem der Schnabel gewachsen ist.«

»Nicht?«

Stellte sie sich extra blöd?

»Nein, nicht! Das ist ein ausgeklügeltes System. Da gibt es schrecklich viel zu beachten.«

Mama schüttelte ernst den Kopf. »Lana, jetzt hör mal zu: Verstell dich nicht, weil andere das vielleicht für richtig halten. Du musst immer du selbst sein.«

Was sollte das denn jetzt? Mama war wirklich hinterm Mond. Mit »Wie ich selbst bin« hatte ich es ja nun versucht und das war gründlich in die Hose gegangen. Man konnte heutzutage nicht einfach man selbst sein, wenn man was erreichen wollte.

»Mama, du hast keine Ahnung.«

Mama zuckte die Schultern. »Du musst deine eigenen Erfahrungen machen. Ich will dir nur eines sagen: Du bist wunderbar, so wie du bist.«

Ja, für dich vielleicht, dachte ich genervt. Dir kann es egal sein, ob ich ein Terminator bin oder nicht. Du sollst dich auch nicht in mich verlieben. Manchmal wünschte ich mir, meine Mutter hätte ein bisschen mehr Sinn für Realität und würde nicht immer alles durch ihre esoterische rosa Brille sehen. *Ich bin okay – du bist okay* und wie die ganzen Bücher hießen. Man sollte sie ihr wegnehmen und ihr dafür mal die raue Realität pubertierender Mädchen zeigen.

Als Jan und Papa aus der Sauna kamen, konnte ich

kaum mehr die Augen aufhalten vor Müdigkeit. Einen Vorteil hatte das. Wenn man so müde war, war man nicht mehr ganz so verliebt. Ich musste nur noch alle fünf Minuten an Simons Lächeln denken. Er hatte mich im Laufe des Tages ziemlich oft angelächelt. Einmal nach der Abseitsregel. Einmal nachdem er erzählt hatte, welche Urkunde er bei welchen Bundesjugendspielen der letzten acht Jahre gewonnen hatte. Einmal nach einer minutiösen Nacherzählung seines letzten Basketballturniers. Einmal ... Ich wusste es nicht mehr so genau. Ich wusste nur ganz genau, dass es ein wunderschönes Gefühl war, von Simon angelächelt zu werden, und dass ich alles dafür tun würde, immer und immer wieder in diesen Genuss zu kommen.

»Du bist also richtig verknallt in Simon?«, fragte Jan, als wir ungestört waren.

Ich entschied, dass diese Frage einer Entschuldigung verdammt nahe kam, und nickte. »Ja, mindestens so wie du in Silvie.«

Jan schwieg und sah irgendwie bedrückt aus. Okay, dachte ich, ich will mal nicht so sein. Silvies Ratschläge hatten mir heute sehr genützt, jetzt war ich an der Reihe, etwas Gutes zu tun.

»Ich weiß etwas, was du nicht weißt.«

Jan schaute auf. »Und das ist was?«

»Und das ist blond«, sagte ich keck.

»Hä?«

»Eigentlich hast du es ja nicht verdient, weil du immer so ätzend zu mir bist. Aber ich sag's dir trotzdem.«

»Was denn nun?«

»Silvie hat mir gesagt ...«, ich legte eine künstlerische Pause ein, in der Jan fast die Augen aus dem Kopf ploppten, »... dass sie in dich verknallt ist. Das bedeutet, wenn du mich fragst: Du bist in sie verliebt und sie in dich. Nach Adam Riese steht also nix im Weg. Nix wie ran.« Ich grinste breit.

Jan nicht. »Du meinst, ich soll sie fragen, ob sie mit mir ...«

»Aber ja. Das liegt doch auf der Hand. Einer muss den ersten Schritt tun. Und in der Regel macht das der Mann. Sie wartet nur darauf.« Ich tönte rum, als hätte ich die Weisheit in Sachen Liebe mit Löffeln gefressen.

Jan schien vor lauter Verliebtheit zu nichts mehr in der Lage zu sein. Statt sich wie wild über die Neuigkeiten zu freuen, knabberte er an den Fingernägeln.

»Und du willst das wirklich?«, fragte er völlig zusammenhangslos.

»Mensch, Jan. Wen interessiert, ob ich das will? Du willst es doch.«

»Ich will es doch«, echote Jan.

»Jan an Erde. Es wird Zeit, dass ihr euch küsst, sonst drehst du noch völlig ab.«

Trockenübung

Am nächsten Morgen wachte ich ganz früh auf und war schrecklich nervös. Es standen furchtbar viele entscheidende Dinge an. Jan würde Silvie fragen. Und was würde dann geschehen? Würde Jan sie küssen? Ich konnte mir das beim besten Willen nicht vorstellen. Konnte Jan überhaupt küssen?

»Kannst du überhaupt küssen?«

Ich wusste aus eigener Erfahrung, dass es nicht toll war, mit einer so komplizierten Frage geweckt zu werden, aber sie brannte mir einfach unter den Nägeln.

»Was ist das denn für eine bescheuerte Frage?« Jan zog die Bettdecke über den Kopf und grunzte.

»Das ist keine bescheuerte, sondern eine verdammt wichtige Frage. Immerhin wirst du sie küssen müssen. Wenn man mit jemandem zusammen ist, dann küsst man sich ja wohl. Also, kannst du es?«

Jan rührte sich nicht unter seiner Bettdecke. Ich hüpfte auf seinem Bett auf und ab, dass die Federn quietschten und Jan hin und her geschüttelt wurde.

»Kannst du es oder kannst du es nicht?«, trällerte ich zu der Musik von *Daylight In Your Eyes*.

Das wirkte.

»Gott im Himmel, Lana, du bist die Pest! Nein, ich kann es nicht. Das weißt du ganz genau. Aber so schwer wird es wohl nicht sein. Außerdem, wer sagt, dass man sich immer gleich küssen muss?«

Mein armer Jan. Er wusste wirklich gar nichts. Was sollte man sonst tun, wenn man mit jemandem zusammen war? Und wieso sollte man zusammen sein, wenn man es nicht tat?

»Du bist ja bloß nervös, weil du selbst noch nie geküsst hast und dich fragst, ob du es kannst!«, knallte mir Jan an den Kopf.

Das hatte gesessen. Und zu meinem Ärger musste ich feststellen, dass Jan richtig lag. Ich ließ mich mit einem Plumps aufs Bett fallen.

»Stimmt. Wir sitzen in einem Boot. Also, wie geht's?«

Jan zuckte die Schultern. »Lippen aufeinander, Mund auf, Zunge raus und dann irgendwie rummachen«, murmelte er.

Ich hob meine Hand zum Mund und folgte Jans emotionslosen Anweisungen. Lippe auf Handrücken, Mund auf, Zunge raus und dann rummachen. Innerhalb von einer Sekunde war meine Hand pitschnass.

»Nee, so geht das bestimmt nicht!«

Jan zückte seine eigene Hand. »Du machst es ja auch viel zu sabberig und viel zu schnell.«

Jan drückte seine Lippen auf seinen Handrücken und fuchtelte mit der Zunge herum. Das sah auch nicht gerade nach Hollywood aus. Ich machte es ihm trotzdem nach.

»So ungefähr«, sagte Jan. Für ihn war das Thema damit erledigt.

Für mich nicht.

»Jan, du musst mir unbedingt danach sagen, wie es war«, drängelte ich.

Jan ging ins Bad, um seine Ruhe vor mir zu haben. Ich ließ mich zurück in die Kissen fallen und seufzte. Was man alles wissen musste. Nicht genug damit, den Jungen erst mal mit allen Tricks auf seine Seite zu ziehen. Wenn man ihn an seiner Seite hatte, musste man auch noch küssen können.

Aber so weit war ich ja noch nicht. Und mein Vorteil war, dass Jan auf alle Fälle vor mir reif sein würde. Und da Silvie schon küssen konnte, würde sie es Jan zeigen und er dann mir. Guter Plan!

Am Strand war es verdammt windig. Mama und Papa gingen mit Finn sofort wieder zum Haus zurück. Für Babys war so viel Wind viel zu gefährlich. Gut so, dachte ich. Andererseits, vielleicht hätte so eine ordentliche Windböe ja Finn einfach nach Pusemuckel befördern können.

Jan und ich bauten den Windschutz auf. Allerdings streckten wir uns beide nicht in die Sonne, sondern blickten in alle Richtungen auf den Strand. Wo blieben Simon und Silvie?

Statt unseren beiden Angebeteten kamen Piet und Florian über den Strand auf uns zugeschlendert.

»Ducken!«, fauchte ich. Ich zog Jan hinter den Windschutz und stülpte schnell ein Handtuch über uns.

»Was ist denn?«, fragte Jan irritiert.

»Da kommen Piet und Florian. Ich will nicht, dass die uns sehen.«

»Oh, gut reagiert«, sagte Jan.

»Findest du wirklich?«

»Ja. Die sind total bescheuert.«

»Die haben ungefähr die Ausstrahlung von Parkuhren«, sagte ich.

»Von abgelaufenen Parkuhren«, fügte Jan grinsend hinzu.

»Von defekten Parkuhren.«

Wir mussten loslachen. Und mitten in unser Gegacker hinein hörten wir eine pikierte Stimme.

»Seid ihr da drunter?«

Mit einem Rutsch hatten wir das Handtuch von uns gerissen und glotzten wie zwei enttarnte Verbrecher aus der Wäsche. Aber nicht Piet und Florian hatten uns ertappt, sondern Simon. Er guckte uns unverständig an.

»Wir haben nur für den Fall eines Killermöwenangriffs geübt«, sagte ich schnell.

Jan kicherte.

Simon nicht. »Es gibt keine Killermöwen, soweit ich informiert bin«, sagte er.

Verdammt. Ich kam mir mit einem Mal schrecklich albern vor. Schnell legte ich den Kopf schief und lächelte mein dicklippigstes Lächeln. »Du hast Recht. Es gibt wohl keine Killermöwen. Du weißt diese Dinge einfach besser als ich.«

Simon grinste. Ich hatte ihn gerade eben noch mal besänftigt. Jan schaute mich an, als wolle er jeden Moment sagen: Aber sonst tickst du noch ganz sauber. Er wusste ja nicht, wie schwierig es war, einem Jungen zu gefallen. Er hatte solche Probleme nicht. Er war ja ein Junge.

»Was mir noch eingefallen ist«, sagte Simon und setzte sich neben mich. »Bei dem letzten Turnier machten wir den Ausgleich doch nicht in der sechzehnten Minute, sondern ...«

Was erzählte er da? Es war mir völlig egal, wann er welche Bälle wohin geworfen hatte.

»Echt? Ach, gut, dass es dir noch eingefallen ist«, säuselte ich enorm interessiert. »Und dann, was ist dann passiert?«

Während Simon mir erzählte, welche Entscheidung der Schiedsrichter wann wie falsch gegeben hatte und ich mich schrecklich über diese bodenlose Ungerechtigkeit ereiferte, stocherte Jan schlecht gelaunt mit einer Muschel an seinen Füßen rum. Er war sicher traurig, weil Silvie noch nicht aufgetaucht war. Oder machte er sich Sorgen über seine Küssqualitäten? Gott sei Dank kam Silvie in dem Moment über den Strand gehüpft.

»Hallooo!«, flötete sie und wedelte mit einem Zettel. »Guckt mal, was wir heute Abend machen!«

Auf dem Zettel war eine Discoveranstaltung im Strandpavillon angekündigt. Am Abend um 19 Uhr – für Jugendliche. Disco? Ich war noch nie in 'ner Disco gewesen. Und ehrlich gesagt hatte ich auch keine Lust, es auszuprobieren. Ich wollte schnell vorschlagen, statt Disco doch 'ne Runde Basketball zu spielen, auch wenn ich nicht sicher war, ob ich mich nicht wieder schrecklich blamieren würde. Aber besser noch ein zweites Mal schlecht Basketball spielen, als ein erstes Mal nicht zu wissen, wie man sich in einer Disco zu benehmen hatte.

»Coole Idee«, sagte Simon.

»Spitze«, sagte ich. »Disco ist super!«

»Ich find Disco blöd«, raunzte Jan.

Silvies Gesicht verdüsterte sich. »Echt?«

Jan nickte stur. Meine Güte, war er ungeschickt. Da wollte seine Angebetete in die Disco und er outete sich als Partymuffel. Hatte er denn keine Ahnung, dass das nicht gerade liebesförderlich war?

»Oh, bitte!«, säuselte Silvie. »Wenn es doof ist, können wir ja früh wieder gehen und was anderes machen. Bitte, Jan. Ohne dich macht es keinen Spaß.«

Jan seufzte. »Von mir aus.«

Und schon wieder hatte ich etwas dazugelernt. Jungs müssen sich ganz anders komisch benehmen, um Mädchen zu gefallen, als Mädchen, um Jungs zu gefallen.

Der Tag verging im Nu mit Mau-Mau-Spielen, Kopfschief-Legen und Dumme-Fragen-Stellen.

»Simon, was war noch mal, wenn man eine Sieben hat?«

Wenn ich mich gerade mal nicht dumm stellte, beobachtete ich Jan. Der schien sich vor lauter Aufregung kaum zu trauen, Silvie auch nur anzugucken, geschweige denn die Initiative zu ergreifen.

Ich überlegte kurz, ob ich das Elend beenden und Silvie zuflüstern sollte, dass Jan ebenfalls in sie verknallt war. Vielleicht hätte sie mal ein Auge zugedrückt und die Initiative übernommen, obwohl sie das Mädchen und Jan der Junge war. Aber ich entschied mich dagegen. Ich hatte mit dieser Information einen riesigen Trumpf in der Hand. Und den konnte ich nicht einfach ungenutzt verspielen.

Ich beugte mich zu Silvie vor. »Ich hätte da was mit dir zu besprechen.« Ich setzte mein verschwörerischstes Lächeln auf. »Unter vier Augen.«

Partyqueen und Discodussel

Silvie trippelte aufgeregt hinter mir her. »Was denn? Was musst du mit mir besprechen?«

Ich schaute sie streng an. »Ich werde es dir verraten. Aber vorher musst du mich für die Disco fit machen. Ich will mich nicht blamieren. Du kannst mir glauben, die Information ist es in jedem Fall wert!«

Silvie war jetzt vollends aus dem Häuschen. »Das ist gemein.«

Ja, es war wirklich gemein von mir. Aber ich blieb hart.

Als wir bei Silvie angekommen waren, schien sie sich mit ihrem Schicksal abgefunden zu haben und begann ihre Lektion in Sachen Discotauglichkeit.

»Also, es gibt drei Dinge, die bei einem Discoabend von absoluter Wichtigkeit sind«, sagte sie. »Das Outfit, das Tanzen und die Kommunikation ohne Worte.«

»Und das alles sollen wir in zwei Stunden schaffen?« Ich sah schwarz.

»Wir müssen halt ein Intensivtraining machen. Also, streng dich gefälligst an.«

Okay. Ich würde mich anstrengen. Ich würde alles geben. Ich würde einen neuen Weltrekord im Disco-tauglich-Werden hinlegen.

Silvie ging zum CD-Player und legte eine Kylie-Minogue-CD ein. Dann stellte sie sich in die Mitte des Raumes, riss ihr Haargummi ab und schüttelte wie wild ihre Mähne.

»Stopp!« Ich drückte auf die Aus-Taste. »Wie um alles in der Welt soll ich das machen? Ich habe keine Haare zum Schütteln. Vergessen?«

»Dann schüttel eben den Kopf.« Silvie hatte offenbar keine Lust auf lange Diskussionen und drückte wieder die Start-Taste.

Ich holte tief Luft und schüttelte dann, was das Zeug hielt, meinen Kopf. Konnte man bleibende Gehirnschäden von so viel Schütteln bekommen? Jedenfalls war mir nach einigen Sekunden ganz schön schwindelig.

Silvie schien das Schütteln nicht das Geringste auszumachen. Sie stellte sich breitbeinig hin und begann zusätzlich noch mit den Hüften zu wackeln. Ich machte es ihr nach und kam dabei schrecklich durcheinander. Ich schüttelte die Hüften und wackelte mit dem Kopf.

»Neiiin«, schimpfte Silvie. »Umgekehrt.«

Ich versuchte mich zu konzentrieren. Silvie stolzierte um mich herum und schrie Anweisungen wie der geborene Feldwebel.

»Den Po fest!«

»Guck nicht so verkrampft. Lächeln. Lächeln. Lächeln.«

Wahrscheinlich ließ Silvie jetzt all ihre Wut darüber an mir aus, dass sie immer noch ohne Information auf heißen Kohlen saß. Ich konnte es ihr nicht mal verübeln.

»Nicht grinsen wie Kermit der Frosch. Verführerisch.«

»Und die Lippen nicht vergessen. Immer schön schmollen.«

»Stell dich nicht so dumm an.«

Ich drückte die Aus-Taste. »Wie um alles in der Welt soll ich mir das alles auf einmal merken?«

Silvie zuckte die Schultern. »Das ist dein Problem. Noch mal! Und los!«

Ich schüttelte, schwang die Hüften und zeigte Lippe. Gott, war das anstrengend! Basketballtraining war dagegen ein Sonntagsspaziergang. Sit-ups und Liegestützen erschienen mir vergleichsweise wie eine Wohltat.

»Und jetzt die Arme!«, brüllte Silvie.

»Was denn noch?«

Das war ja zum Verzweifeln.

»Die Arme im Takt. Hoch. Seite. Runter. Kreisen.«

Nach einer halben Stunde Kylie Minogue hatte ich es kapiert, war nass geschwitzt und wurde das Gefühl nicht los, dass ich *I can't get you out of my head* für den Rest meines Lebens nicht mehr »out of my head« kriegen würde.

»So. Nächstes Thema. Die nonverbale Kommunikation.«

So wie Silvie mit Fremdwörtern um sich schmiss, musste Baggern eine anerkannte Wissenschaft sein, ein Schulfach, ein Studiengang, in dem man auch seinen Doktor machen konnte. Prof. Dr. Dr. der Baggerei Lana Körber.

Silvie setzte sich aufs Sofa. »Stell dir vor, die Musik ist ohrenbetäubend. Du hast Durst. Was machst du?«

»Ich geh zur Theke und hol mir was zu trinken?«

»Falsch!«

»Ich geh aufs Klo und trinke am Wasserhahn?«

»Nein!!!«

»Ich weiß nicht.«

»Du bringst deinen Liebsten dazu, dass er dir was zu trinken holt, damit du dich über alle Maßen bei ihm bedanken kannst.«

»Oh. Daran hatte ich nicht gedacht.«

»Also? Was machst du? Denk dran, Worte nützen nichts.«

Ich grübelte einen Moment. Dann stellte ich mich in Positur und röchelte wie ein Wüstendurchquerer ohne Hoffnung auf eine Oase. Ich nahm einen imaginären Eimer und schüttete ihn mir in den Hals.

Anschließend verbeugte ich mich und war mächtig stolz auf meine tolle nonverbale Kommunikationsleistung.

»Oh Himmel, so geht das nicht.« Silvie war alles andere als zufrieden mit meiner nonverbalen Kommunikationsleistung. »Pass auf. Ich zeige es dir.«

Mit zwei Fingern strich sie sich sanft über die Kehle, dann ließ sie zwischen ihren geschmollten Lippen einen kleinen Spalt erscheinen und rieb sich mit der Zunge sanft über die Lippen. Mit einer kaum wahrnehmbaren Geste deutete sie dann an, ein Glas zu berühren.

Ups. Ja, das war ein Unterschied. Das musste ich zugeben. Ungefähr so ein Unterschied wie zwischen

Romy Schneider als Sissi und Arnold Schwarzenegger als Terminator. Ich gab mein Bestes, es nachzumachen.

Silvie nickte langsam. »Es wird reichen. Nächste Situation.«

Ich lernte durch Schulterwackeln und einen kecken Augenaufschlag zum Tanzen aufzufordern. Ich übte durch zartes Zufächeln imaginärer Luft zu signalisieren, dass ich mal an die frische Luft müsste. Und ich schaffte es, durch Ziehen an meinem Ohrläppchen und geschlossene Augen zu erklären, dass ich gerne geküsst würde.

»Ähm … Wo wir gerade beim Küssen sind. Wie genau … ähm …«

»Wie es geht?«, fragte Silvie genervt.

Ich nickte.

Silvie stöhnte, hob dann aber ihre Handfläche, drückte ihre Lippen wie Kinderspeck dagegen, öffnete leicht ihren Mund und tippte mit der Zunge sanft gegen die Haut. Es sah rasend gekonnt aus.

»So geht das. Nächster Punkt: das Disco-Outfit. Was hast du vor anzuziehen?«, fragte Silvie.

Was sollte ich schon vorhaben anzuziehen? »Eine Jeans und ein Kapuzen-Sweatshirt.«

»Eine Jeans und ein Kapuzen-Sweatshirt? Um Gottes willen. Das geht nicht«, empörte sich Silvie.

»Nein?«

»Nein. Dann hätten wir uns alles Üben sparen können. Du brauchst einen Rock und ein enges Oberteil.«

Röcke waren eigentlich albern. Aber noch alberner erschien mir in diesem Moment, dass ich keinen Rock besaß.

»Meine Mutter hat einen Minirock. Wenn ich zwei Sicherheitsnadeln nehme, dann ...«

Silvie verzog gequält das Gesicht. »Alles klar. Der Minirock deiner Mutter. Schuhe?«

In Gedanken ging ich alle meine Schuhe durch. Nikes. Adidas. Kangurus. »Ich hab nur Turnschuhe.«

»Oje. Welche Größe?«

»38.«

Silvie ging in den Flur und kam mit einem Paar Ballerinas zurück. »Sie sind Größe 37. Leier sie mir nur nicht aus.«

Ich schlüpfte zur Probe in die Schuhe und hatte sofort das Gefühl, Aschenputtels Schwester zu sein. Eine Mogelpackung, die sich für die schöne Prinzessin ausgibt. Bitte, bitte, lieber Gott, lass Prinz Simon nicht merken, dass ich Blut im Schuh hab!

Silvie zog mich hinter sich her ins Bad. »Setzen!«

Gehorsam nahm ich auf dem Klo Platz.

Silvie drückte sich eine halbe Tube Gel in die Hand und rubbelte damit auf meinem Kopf herum.

»Wenn schon keine langen Haare, dann wenigstens Wetlook«, sagte sie ganz Hairstylistin. Dann schnappte sie sich eine Puderdose und wollte auf mich losgehen.

»Nein!« Ich wehrte sie entschieden ab. Mit Puder und schweißtreibenden Körperübungen hatte ich so meine Erfahrungen gemacht.

»Dann deck wenigstens die Mitesser auf der Nase ab.«

Mitesser auf der Nase? Ich hatte keine Mitesser auf

der Nase. Ich glotzte in den Spiegel. »Ich sehe nichts.«

»Du musst näher rangehen. Oder warte. Nimm den.« Silvie drückte mir einen Vergrößerungsspiegel in die Hand.

Als ich hineinschaute, verzog sich mein Gesicht wie im Spiegelkabinett auf der Kirmes und meine Nase kam mir entgegen. Und da sah ich sie. Mitesser. Eine ganze Horde kleiner gefräßiger Schmarotzer hatte sich auf meiner Nase versammelt.

»Wie sind die denn da hingekommen?«

Silvie seufzte. »Du willst Simon doch so nahe kommen wie jetzt dem Spiegel, oder?«

Sicher wollte ich das.

»Dann müssen die Dinger abgedeckt werden!«

Das sah ich ein. Silvie schmierte mir Abdeckstift auf die Nase, der, wie ich fand, nicht ganz meine Hautfarbe traf. Aber ich sagte nichts. Besser ein Teintmix im Gesicht als kleine dreckige Lebewesen in meinen Poren.

»Fertig. Und jetzt die Information!« Silvie stemmte die Hände in die Hüften. Sie wollte offensichtlich keine Sekunde länger warten.

Ich spuckte es aus. »Jan steht auf dich.«

Silvie stand der Mund offen. »Wirklich?«

»Ja, echt. Er ist in dich verknallt.«

»Woher ...?«

»Ich weiß es. Er ist immerhin mein bester Freund«, sagte ich streng.

Ich überlegte kurz, ob ich ihr von dem Gedicht erzählen sollte, entschied mich aber dagegen. Ich wollte Jan nicht den Spaß verderben.

Silvie stieß einen Jauchzer aus und rannte hektisch hin und her. »Oh Gott. Ich werd wahnsinnig.«

Sie war wie ausgewechselt. Sonst immer ganz die Coole, flatterte sie jetzt wie ein gerupftes Hühnchen in der Gegend rum.

»Lana. Ich ... ach ... das ist ja ... und du bist dir auch ganz sicher ... ach du meine Güte ... toll ... dann ... ja, was ziehe ich nur ... ojemine ... Ich werde wahnsinnig.«

Ich werde auch wahnsinnig, wenn ich nicht gleich gehe, dachte ich. Sollte Silvie schön alleine vor sich hin jauchzen und stottern. Wir wollten es ja mit der Busenfreundschaft nicht übertreiben. Ich traute ihr zu, dass sie mir vor lauter Glück in die Arme fallen würde. Und das brauchte ich nun wirklich nicht. Und außerdem: Es war kurz vor 19 Uhr und ich hatte noch schrecklich viel zu tun.

»Mama. Ich brauch dich!«

Mama drückte Papa Finn in die Arme und folgte mir ins Schlafzimmer.

»Wir müssen den Minirock irgendwie an meine Taille anpassen. Und ich brauch was Enges für drüber.«

»Alles Roger«, sagte Mama und salutierte.

Wir mussten lachen. Mama entpuppte sich als Genie in Sachen Anpassen. Statt Sicherheitsnadel machte sie in Windeseile ein paar geschickte Abnäher am Bund, und schwups passte der Minirock wie angegossen. Dann kramte sie in ihren Bodys herum und fand einen, der ihr eigentlich zu eng war. Er war rot und wie gemacht für den Minirock.

»Schenk ich dir.«

»Danke.«

Als ich fertig angezogen war, lächelte Mama wie Heiligabend vor dem festlich geschmückten Weihnachtsbaum. »Schön.«

»Nicht albern?«, fragte ich skeptisch.

Mama zog mich zum Badezimmerspiegel. »Guck selbst.«

Ich schaute mich kritisch an. Hm. Tja. Also ... »Gar nicht mal so übel«, sagte ich grinsend.

Mama nickte. »Wenn du mich fragst, sensationell. Mister Hinterkopf werden die Augen aus dem Vorderkopf fallen.«

»Hoffentlich.«

Nonverbale Kommunikation

Silvie sah aus wie grad vom Laufsteg gefallen, als sie klopfte, um uns abzuholen. Sie trug ein superkurzes Minikleid aus schimmerndem Stoff, ihre Haare hatte sie zu einer sensationellen Mähne aufgetufft. Und sie stand mächtig unter Strom. Auf ihrem Hals entdeckte ich hektische Flecken, ihre Augen hingen wie festgeklebt an Jan, der sie schief angrinste.

Der Strandpavillon, in dem wir tagsüber Eis gekauft hatten, hatte sich total verwandelt. Die Fenster waren abgedunkelt, dafür strahlten und zuckten Discolichter über den Boden. Die Stühle und Tische waren weggeräumt und in einer Ecke hatte sich ein DJ mit seiner Ausrüstung breit gemacht. Die Musik dröhnte laut und ich war froh einen Schnellkurs in nonverbaler Kommunikation gemacht zu haben.

Jan holte erst mal, ohne dass pantomimische Darbietungen vonnöten gewesen wären, eine Runde Cola für uns. Und ich guckte mir die Augen aus dem Kopf, wo Simon blieb.

Statt Simon kamen Piet und Florian hereingeplatzt. Oje, die hatten mir gerade noch gefehlt. Ich guckte demonstrativ in eine andere Richtung. Zu dumm, dass ich diesmal kein Handtuch parat hatte, das ich wie eine Tarnkappe über mich werfen konnte.

Nach ein paar Sekunden entschied ich, dass die Gefahr vorüber war. Bestimmt waren Piet und Florian längst am anderen Ende des Raums angelangt. Ich drehte mich um und ließ vor Schreck einen spitzen Schrei los. Piet stand zentimeternah vor mir und grinste.

»Du siehst gut aus heute!«, brüllte er, dass mein Trommelfell bebte.

Ich überlegte gerade, ob ich mir demonstrativ die Ohren zuhalten sollte, als Jan mir zur Hilfe eilte. Er stellte sich mit einem entschuldigenden Lächeln zwischen mich und Piet und beugte sich zu meinem Ohr, als wollte er etwas hineinschreien. Ich spielte mit und nickte.

Nach ein paar Minuten hatte unser Schauspiel Erfolg. Piet begann ganz offensichtlich sich zu langweilen. Und nachdem er ein paarmal versucht hatte meine Aufmerksamkeit mit wildem Gewinke zu ergattern, ich mich aber blind stellte, drehte er sich schließlich weg und verschwand Richtung Theke.

Ich bedankte mich bei Jan mit meinem liebsten Lächeln und schubste ihn dann energisch zurück zu Silvie. Schließlich hatte er eine Mission zu erfüllen.

Ich stand alleine in der Gegend rum und wusste nicht, was ich tun sollte. Ich hatte niemanden, bei dem ich meine tolle nonverbale Kommunikation ausprobieren konnte, und an Tanzen war erst recht nicht zu denken. Keiner tat es. Alle starrten auf die

Tanzfläche, als ob da eine bombige Show geboten würde. Discos waren wirklich bescheuert.

»Hi!«, drang es durch die Beats undeutlich an mein Ohr.

Simon stand vor mir. Hatte ich eben gedacht, ein Abend in der Disco sei bescheuert?

»Hi«, formten meine Lippen zurück.

Ich ließ schnell mein halb volles Colaglas hinter mir verschwinden. Wie sollte ich schließlich mit einem Glas in der Hand die Nummer mit der trockenen Kehle abziehen?

Vorerst zog ich aber erst mal nichts ab, sondern starrte wieder auf die leere Tanzfläche. Simon starrte mit. Ich hatte das Gefühl, jede Zelle meines Körpers zu spüren, und jede Zelle schien irgendwie krumm und schief zu stehen. Verzweifelt versuchte ich entspannt zu wirken, aber vor meinem inneren Auge verwandelte sich mein Körper in einen einzigen unförmigen Knoten. Einen albern angezogenen, hormonverpesteten Knoten mit Mitessern.

Plötzlich fuchtelte Simon mit den Händen in meine Richtung, deutete auf seine Oberschenkel, zeigte auf meine und streckte anerkennend den Daumen hoch. Oh mein Gott. Das war in meinem Kurs über nonverbale Kommunikation nicht vorgekommen.

Was meinte er bloß? Er meinte doch nicht etwa, dass ich aussah wie ein Knoten? Sah man mir mein Innenleben so sehr an? Ich zuckte hilflos die Schultern.

Simon formte etwas Dreieckiges in der Luft und deutete wieder auf mein Untergestell. Himmel, hilf, was konnte er nur meinen? Hatte ich X-Beine?

Simon kam ganz nah und brüllte in mein Ohr: »Super Rock!«

Schwups, da löste sich der Knoten. Die Mitesser zogen sich besiegt in meine Poren zurück. Mit einem Mal fühlte ich mich strotzend vor Selbstbewusstsein. Ich hatte einen super Rock an!

Diese Sternstunde durfte ich nicht ungenutzt verstreichen lassen. Ich entschied die Nummer mit der trockenen Kehle zu versuchen. Ein leichtes Streicheln über den Hals, Lippen abschlecken und an einem imaginären Glas nippen. Und siehe da, Simon verstand sofort.

C-O-L-A?, formten seine Lippen. Ich nickte und Simon verschwand in Richtung Theke.

Ich schaute mich nach Jan und Silvie um. Silvie zerrte Jan gerade auf die Tanzfläche. Oh mein Gott, dachte ich, Jan kann nicht tanzen. Er hat keinen Schnellkurs in Discotauglichkeit belegt. Ganz sicher wird er sich schrecklich blamieren!

Silvie legte los. Ihre Haare flogen Jan um die Ohren, ihre Hüften zuckten und ihre Arme fuhren hoch und runter. Sie sah aus wie die leibhaftige Kylie Minogue. Jan stand unschlüssig vor ihr und tapste verzweifelt mit dem Fuß den Takt mit. Doch dann nahm Silvie ihn an den Händen und wirbelte ihn durch die Gegend. Jan konnte gar nicht anders, als sich ihrem Schwung anzupassen. Glücklich sah er dabei allerdings nicht aus.

Kaum war das Lied zu Ende, raste er von der Tanzfläche. Wahrscheinlich fühlt er sich jetzt auch wie ein Knoten, dachte ich. Ich hatte schrecklich Mitleid mit ihm. Ich musste ihn unbedingt ermutigen.

Unbemerkt von Silvie zeigte ich mit dem ausgestreckten Arm zur Ausgangstür. Jan verstand sofort und dackelte mir artig hinterher an die frische Luft.

»Verdammt, Jan. So geht das nicht. Du musst dich trauen. Silvie wartet doch nur darauf, dass du was unternimmst. Aller Anfang ist schwer. Aber du bist doch verliebt, also geh nach deinem Gefühl. Frag sie! Warte nicht länger. Jetzt ist deine Sternstunde!«

Jan schaute mich zweifelnd an.

»Wenn ich so gute Karten hätte wie du, würde ich sofort loslegen!«, ereiferte ich mich.

»Würdest du mich küssen?«

Armer Jan, was war nur mit seinem Selbstbewusstsein los? Reichte es denn nicht, dass Silvie ihn vergötterte? Wieso hielt er sich trotzdem für nicht küssenswert?

»Mensch, Jan! Ich würde dich natürlich nie küssen. Das wäre ja auch abartig. Aber wenn ich Silvie wäre, würde ich nichts lieber tun, als dich zu küssen. Klar?«

Irgendwie schien es mir, als würden Jans Schultern ein paar Zentimeter in die Tiefe sinken. Das lag wahrscheinlich daran, dass sich sein Knoten endlich löste.

»Okay, ich mach's«, sagte er, als habe er sich gerade für Harakiri entschieden, und stapfte in die Disco zurück.

Puh! Das war geschafft. Ich beeilte mich hinterherzukommen, um bloß nichts zu verpassen.

Jan steuerte wie eine Rakete auf Silvie zu, schrie ihr irgendwas ins Ohr, woraufhin Silvie entzückt die Hände vor den Mund schlug und vehement nickte. Dann standen sie sich einen Moment unschlüssig gegenüber. Schließlich zog Silvie Jan an sich heran und drückte ihm die Lippen auf den Mund. Et voilà! Da war er: Jans erster Kuss.

Ich konnte irgendwie gar nicht den Blick von den beiden abwenden. Was fühlte er gerade? Und würde er jetzt für immer mit Silvie zusammenbleiben? Würden sie heiraten? Würde er noch mein bester Freund sein? Musste ich mich dann immer mit Silvie treffen und sie zu meiner Freundin erklären?

Von den vielen Fragen wurde mir ganz flau im Magen. Vielleicht war ich aber auch nur eifersüchtig. Eifersüchtig, weil Jan jetzt geküsst war und ich noch nicht.

Der Kuss dauerte bestimmt schon eine ganze Minute. Als ich endlich den Blick von den beiden abwenden konnte, sah ich, dass Simon mit zwei Colagläsern neben mir stand.

Stand er schon lange da? Hatte er beobachtet, wie ich Silvie und Jan angestarrt hatte?

Ich deutete mit dem Finger auf Jan und Silvie und küsste in die Luft. Simon nickte grinsend, gab mir eine Cola und hob den Daumen. Offensichtlich fand er Küssen im Allgemeinen eine gute Sache. Das war wenigstens schon mal etwas.

Ich tat den Rest des Abends mein Bestes, um auch zum Kreis der Geküssten aufzusteigen. Und eigentlich lief so weit auch alles gut. Simon brachte mir ständig Cola. Und ich hatte ständig eine knallvolle Blase. Er grinste bestimmt fünfundzwanzigmal in meine Richtung. Und ich grinste zurück, bis mir der Kiefer wehtat. Aber dem Küssen kam ich trotzdem keinen Zentimeter näher. Und das, obwohl sich um uns herum so gut wie jeder küsste. Discos waren offensichtlich absolute Kuss-Umschlagplätze. Selbst Parkuhr-Piet hatte ein Mädchen im Arm und küsste.

Ich wusste mir keinen anderen Rat mehr, als zu meiner letzten Discotauglichkeitslektion zu greifen. Tanzen wie Kylie Minogue. Ich nahm all meinen Mut zusammen und stapfte auf die Tanzfläche. Wild schüttelte ich Kopf und Hüften und wartete vergebens darauf, dass Simon mitmachte. Aber der blieb stattdessen am Tanzflächenrand stehen und grinste mir zu.

Ich gab mein Bestes, sämtliche Bewegungen in eine sinnvolle Reihenfolge zu bringen, und dachte immerzu, bitte, lieber Gott, lass mich jetzt keinen Bauchklatscher auf die Tanzfläche machen, hilf mir, dass ich irgendwie mädchenhaft rüberkomme.

Als ich mich völlig fertig zu Simon zurückschleppte, klatschte er mir nonverbal Beifall.

Strike!, dachte ich jubelnd. Ich hatte mich nicht blamiert, ich hatte imponiert. Jetzt musste er mich küssen. Ich stellte mich schon mal ein bisschen dichter an ihn heran und spitzte ganz leicht die Lippen, um vorbereitet zu sein.

Aber das hätte ich mir sparen können. Ich blieb ungeküsst. Simon machte den ganzen langen Abend keinerlei Anstalten und die nonverbale Kommunikation für »Ich will küssen« traute ich mich nicht anzuwenden. Nicht verzweifeln, tröstete ich mich. Rom war ja schließlich auch nicht an einem Tag erbaut worden und ich war meinem Ziel auf jeden Fall schon einen großen Schritt näher gekommen.

Ich will kichern!

»Und wie war's?«, fragte ich Jan völlig ungeduldig, als wir Silvie zu Hause abgeliefert hatten und Simon sich an der nächsten Straßenecke mit einem phänomenalen Lächeln und ohne Abschiedskuss verabschiedet hatte.

»Wie war was?«, grunzte Jan zurück.

»Jan, ich bitte dich. Was um alles in der Welt soll ich wohl meinen? Wie die Luft in der Disco war, weiß ich selbst. Wie war das Küssen, verdammt?«

»Ganz okay.«

»Ganz okay? Das ist alles? Ganz okay?«

»Ja, es war in Ordnung.«

»Ja, aber was heißt denn das? Hat es Spaß gemacht? War dir ganz warm ums Herz? Wie hat es geschmeckt? Süß? Salzig? Konntest du währenddessen atmen? Schlucken?«

Jan schaute mich mit einem Blick an, der so viel sagte wie: Du hast sie doch nicht mehr alle.

»Es war nett.«

Ich hörte seinem Tonfall an, dass er nicht weiter darüber reden wollte. Zu Hause angekommen, flüchtete er vor weiteren Fragen in unser Schlafzimmer.

Jungs waren definitiv anders als Mädchen. Und in diesem Moment merkte ich mal wieder, dass ich eindeutig ein Mädchen war. Ich wollte mich mit jemandem über diese Dinge austauschen. Ich wollte Tage und Nächte lang alle Einzelheiten übers Küssen hören. Ich wollte nicht allein mit diesem ganzen Hormon-Mist sein. Ich wollte verschwörerisch mit jemandem den Kopf zusammenstecken und … und … kichern. Ja, tatsächlich: Ich, die kichernde Mädchen immer für geistesumnebelte Wesen vom anderen Stern gehalten hatte, war mir mit einem Mal sicher, dass Kichern genau die richtige Methode war, um mit dem ganzen Wahnsinn klarzukommen. Zusammen mit jemandem kichern würde so wohltuend auf meine Hormone wirken wie warme Milch mit Honig auf Hustenreiz.

Aber mit wem sollte ich kichern? Jan hatte offensichtlich nicht die geringste Lust, mit mir zu kichern. Mit Silvie hatte ich nicht die geringste Lust zu kichern. Da gab es nur noch eine Möglichkeit, um an eine Portion Gekicher zu kommen: Mama.

Ich schlurfte ins Wohnzimmer, wo Mama und Papa Arm in Arm auf der Couch knuddelten. Ich ließ mich wie ein nasser Sack dazuplumpsen.

»Was ist los?«, wollte Papa wissen.

»Ach nix.«

»Für nix hast du aber ganz schön schlechte Laune.«

Ich schaute Mama flehentlich an und hoffte, dass sie mich telepathisch verstehen würde. Bitte, Mama. SOS. Komm mit mir nach nebenan und kichere eine Runde mit mir. Ich brauch das jetzt. Mama runzelte die Stirn. Aber nachdem ich noch einmal ganz angestrengt in ihre Richtung gedacht hatte, schien meine Botschaft angekommen zu sein. Sie hatte kapiert.

»Was hältst du von einer kleinen Nachtwanderung mit deiner alten Mutter?«

Ich nickte erfreut.

»Da komm ich mit!«, jübelte Papa.

Oh nein, dachte ich. Nur das nicht. Ich kramte in meinem Gehirn nach einer Möglichkeit, ihn loszuwerden, aber Mama war schneller.

»Wolltest du nicht dringend den Film im Fernsehen sehen?«

Papa schaute Mama irritiert an. »Wollte ich?«

»Ja, das wolltest du.« In Mamas Stimme war kein Platz für eine Widerrede.

Jetzt hatte Papa verstanden. »Oh ja, ich erinnere mich. Das wollte ich wirklich ganz unbedingt. Seid nicht traurig, wenn ich euch alleine gehen lasse.«

»Sind wir nicht!«, lachte ich und zog Mama hinter mir her.

Wir spazierten am nächtlichen Strand entlang. Über uns war ein unglaublicher Sternenhimmel zu sehen.

»Jan hat heute Silvie geküsst«, sagte ich, um gleich ins Thema einzusteigen.

»Oh«, staunte Mama.

»Er sagt, Küssen ist ganz okay.«

»So, sagt er das.«

»Ich hab irgendwie gedacht, Küssen ist mehr als nur okay. Aber vielleicht irre ich mich ja.«

»Würde es dich interessieren, wie ich Küssen finde?«, fragte Mama.

Ich hakte sie unter und kicherte kurz in mich hinein. Und ohne dass ich sie darum bitten musste, kicherte Mama mit. Das tat guuut!

»Hm. Ja, schon. Erzähl.«

»Also, das erste Mal, als ich geküsst wurde, da war ich ... lass mich überlegen ... da war ich dreizehn. So wie du.«

Wir kicherten noch mal. Kichern war ein bisschen wie Kribbelbrause auf der Zunge zergehen lassen. Kichern verpackte die kreisenden Gedanken über Simon in Seifenblasen, die leicht durch die Luft tanzten. Kichern machte den Kopf frei. Kichern ließ einen endlich mal wieder richtig durchatmen.

»Es war auf dem 80. Geburtstag von meiner Tante Hilde«, erzählte Mama weiter. »Es war schon ziemlich spät, die Erwachsenen hatten ordentlich gebechert und Onkel Paul sang schmutzige Lieder. Ja, und an diesem Geburtstag war auch mein Cousin zweiten Grades da. Stefan. Er war fünfzehn. Ich weiß gar nicht, was aus ihm geworden ist. Jedenfalls haben wir uns unter der Tischdecke vom großen Büfett versteckt und gelauscht, was die Erwachsenen so erzählen.«

Ich kicherte jetzt in einer Tour. Ich fühlte mich fast ein bisschen schwindelig. So wie letztes Silvester, als ich aus den Sektgläsern der Gäste heimlich die Pfützen getrunken und um Mitternacht nur noch gehickst hatte.

»Und dann hat mein Cousin Stefan die Gelegenheit genutzt und mich ohne Vorwarnung geküsst.«

»So was! So ein Schuft!« Ich gackerte wie ein Huhn.

»Ja, ganz schön dreist. Männer!« Mama gluckste und ich drückte meinen Kopf in ihre Strickjacke.

»Und, wie hat es sich angefühlt?«

»Nicht schlecht, Herr Specht! Es war irgendwie ganz weich.« Mama schwelgte jetzt sichtlich in Erinnerungen. »Und es schmeckte ein bisschen wie Mürbeteiggebäck, nur zarter. Und sein Atem war ganz warm. Fast wie ein Föhn. Und sein Oberlippenflaum hat gekitzelt. Aber das Schönste war, dass es so etwas Neues war. Ich hatte so was in der Art noch nie erlebt. Es fühlte sich ganz anders an als alles, was ich kannte.«

Ich seufzte. Mama wusste, welche Details für eine Frau wichtig waren. »Ja, so stell ich mir das auch vor. Mehr als nur okay.«

Nach einer kurzen Pause, in der Mama wohl an ihren ersten Kuss und ich an meinen hoffentlich bald ersten Kuss dachte, kicherte Mama wieder.

»Wie läuft es denn mit Mister Hinterkopf?«, fragte sie.

»Er lächelt mich immer an. Und er macht mir Komplimente.«

Mama wiegte den Kopf. »Das hört sich doch gut an.«

Ich nickte.

»Wenn du ihn geküsst hast, erzählst du mir dann davon?«, fragte Mama und machte so ein neugieriges Gesicht, dass sie für einen Moment aussah, als sei sie selbst erst dreizehn.

»Schauen wir mal«, sagte ich streng, aber ich

wusste, dass ich ihr ganz bestimmt und unbedingt alles erzählen würde.

»Musst du dich immer noch so anstrengen und verstellen?«

Musste Mama denn jetzt wieder damit anfangen? So cool und freundinnenhaft sie manchmal sein konnte, so gut man auch mit ihr kichern konnte, in Baggerangelegenheiten war sie einfach hinterm Mond.

»Nee, alles wunderbar, Mama«, sagte ich lapidar.

»Das ist gut. Es ist gar nicht gesund für die Seele, sich zu verbiegen.«

»Ja ja«, bestätigte ich schnell, zeigte in den Himmel und wechselte das Thema. »Guck mal, der Große Wagen.«

Mama folgte meinem Blick. Wir fanden noch den Kleinen Wagen und die Kassiopeia. Und plötzlich schoss eine wunderschöne Sternschnuppe über den Himmel. Ich hatte in meinem ganzen Leben noch keine Sternschnuppe gesehen.

»Wow.«

»Wünsch dir schnell was«, sagte Mama.

Wir schlossen beide die Augen. Ich wusste genau, was ich mir wünschen wollte. Bitte, liebe Sternschnuppe, mach, dass ich Simon bald rumgekriegt habe, und mach, dass er mich küsst und dass das mehr als nur okay ist.

Das unfreiwillige Opfer

Am nächsten Tag wachte ich vor allen anderen auf, hüpfte aus dem Bett und blockierte das Bad für eine geschlagene Stunde. Mamas Minirock. Vaseline statt Lipgloss. Wasser statt Gel. Perfekt!

Gestriegelt und gekämmt stapfte ich in einsamer Mission mit einer Entschlossenheit zum Strand, die ihresgleichen suchte. Heute musste es geschehen. Ich hatte schließlich eine Sternschnuppe zur Verbündeten und außerdem wollte ich nicht einen Tag länger warten. Ich wollte endlich auch zu den Geküssten gehören.

Ich rief mir alles ins Gedächtnis, was ich bisher an Tricks und Tipps gelernt hatte. Der Gang! Nicht stampfen, sondern schweben. Der Hals. Runter damit. Die Lippe. Aufgebläht!

Simon winkte mir schon von weitem zu. Ich breitete mein Handtuch neben seinem aus und streckte mich wie eine Gazelle in die Sonne.

»Ach, Simon, du bist wirklich ein richtiger Mann. Du bist so muskulös. Und so klug.«

Simon strahlte. »Am Anfang hab ich ja gedacht, du bist ein bisschen durchgeknallt. Aber mittlerweile …«, sagte er mit stolzgeschwellter Brust.

»Ja, was ist mittlerweile?«, hauchte ich und konnte mir nur schwer verkneifen, ihn wie wild zu schütteln und laut loszubrüllen: Küss mich!

Ich hatte das Gefühl, auf einem Pulverfass zu sitzen. Dieses galante Bewegen zerrte an meinen Nerven. Das zarte Gesäusel weckte in mir das Bedürfnis, lauter Schimpfwörter rauszuschreien. Ich strich mir sanft mit den Fingern ein Sandkorn vom Knie und schaute Simon mit einem formvollendeten Hundeblick fragend an.

»Mittlerweile hab ich festgestellt, dass du ein echt süßes Mädchen bist.«

Oh, jaaa!, dachte ich. Ich fühlte mich wie Butter und hatte die ernsthafte Befürchtung, dass ich in der prallen Sonne innerhalb von Sekunden wegschmelzen könnte. Dann wäre von dem süßen Mädchen nur noch ein hässlicher Fettfleck übrig, der langsam im Sand versickern würde. Ich beschloss, nicht zu schmelzen, sondern lieber vor Stolz zu wachsen. Ich hatte es geschafft. Ich gehörte jetzt zur Liga der süßen Mädchen, nicht länger zur Gattung der wild gewordenen Terminatoren. Und ich hatte nicht übel Lust, diesem Image zu noch mehr Glanz und Ruhm zu verhelfen. Zur Hilfe kam mir hierfür, wie von einer Sternschnuppe gesandt, ein kleiner Sandfloh. Er hüpfte auf meinen Badeanzug und schien sich dort ausgiebig sonnen zu wollen.

»Igitt«, zeterte ich ganz mädchenhaft. »Ich hasse Insekten. Die sind so eklig.«

Das hatte ich in meiner Klasse gelernt. Alle Mädchen in meiner Klasse fanden Insekten eklig. Ich dagegen fand Insekten total spannend. Wenn im Sommer die jährliche Spinnen-Epidemie über unsere Schule kam, kreischten die Mädchen in jeder freien Minute. Ekelig! Die langen Beine! Die huschen immer so! Und bevor sie mit Tafelschwämmen und Federmäppchen auf die armen Vielbeiner losgehen konnten, kletterte ich immer auf die Fensterbank und griff mit bloßer Hand einen Schneider nach dem anderen ab, stopfte sie in einen Kasten und ließ sie im Schulgarten wieder frei.

Entschuldige, dachte ich deshalb schnell Richtung Sandfloh, wir wissen ja beide, dass du nicht wirklich eklig bist.

»Was ihr Mädchen immer habt«, sagte Simon, aber seinem Gesicht war anzusehen, dass er es mochte, dass Mädchen immer was hatten. »Beweg dich nicht. Ich mach das schon.«

Ich schaute ihn an wie ein hilfloses Küken und nickte. Schwups. Da hatte er den Sandfloh in seiner Faust. Doch statt ihn einen Meter weiter auf den Boden zurückzusetzen und ihm ein schönes Leben zu wünschen, zermalmte Simon ihn genüsslich zwischen den Fingern.

»Der wird dich nicht mehr belästigen.«

Ich war wie vor den Kopf geschlagen. Vor meinen Augen war ein grausamer Mord passiert. Vorsätzlicher, unbereuter Mord! Und das Schlimmste war: Ich war schuld. Ich hatte Simon quasi dazu angestiftet. Ich war eine Mordkomplizin. Eine Auftraggeberin. Der arme Sandfloh hatte sein Leben geben müssen, nur weil ich ein richtiges Mädchen sein wollte, nur weil ich geküsst werden wollte. Ich fühlte mich schrecklich.

Simon allerdings verwechselte meine Erschütterung mit den Spätfolgen eines Ekelschocks, und ehe ich mich versah, hatte er den Arm um mich gelegt. Den Arm mit der Hand, an dem noch die sterblichen Überreste des Sandflohs klebten. Den mörderischen Arm.

»Jetzt ist er ja weg«, hauchte Simon beschützerhaft.

Was bildete er sich ein? War er etwa stolz darauf, ein kleines, hilfloses Insekt zermalmt zu haben? Hielt er das für eine heldenhafte Tat? In gleicher Tradition wie Prinzen, die ihre Angebetete aus Türmen befreien, Drachen töten und böse Stiefmütter zur Strecke bringen? Das war ja wohl nicht zu fassen!

Ich wollte loszetern. Aber noch bevor ich ihm mit dem Tierschutzverein drohen konnte, hatte der mörderische Arm mich näher herangezogen und die todbringende Hand hatte angefangen, meinen Oberarm zu streicheln. Das fühlte sich verdammt schön an. Und ehe ich mich versah, fanden sich meine Lippen an Simons Lippen wieder.

Angestrengt versuchte ich meine Empörung aufrechtzuerhalten. Denk an den Sandfloh, dachte ich immer wieder, aber die Worte verloren ihre Bedeutung. Ich konnte gar nicht mehr denken. Simon öffnete ganz leicht seine Lippen. Durch meinen Körper floss eine warme Welle. Hmmm. War das schön!

Ich weiß nicht, wie lange wir das so machten. Meine Augen waren geschlossen. Ich hatte Raum und Zeit vergessen.

Und als wir irgendwann nach hundert Jahren damit aufhörten, seufzte ich tief. »Schön.«

Als ich langsam die Augen aufschlug, standen Jan und Silvie direkt vor uns. Silvie grinste. Jan schaute mit einem undefinierbaren Gesichtsausdruck.

»Jetzt können wir richtig Pärchenurlaub machen!«, jubelte Silvie und ließ sich neben uns in den Sand fallen.

Zoff!

Es war schon verrückt. Noch vor ein paar Tagen war ich nicht mal ein richtiges Mädchen gewesen. Und jetzt war ich geküsst und mitten im Pärchenurlaub.

Ein Pärchenurlaub allerdings war eine ganz schön anstrengende Sache. Seit wir uns geküsst hatten, hörte Simon nicht mehr auf, mir schrecklich unwichtige Details aus seinem Leben zu erzählen. Ich fühlte mich manchmal wie ein Wackeldackel auf der Ablage im Autoheck. Ich nickte und nickte. Und ich saugte mir ein Kompliment nach dem anderen aus den Fingern. Wenn wir nicht nach jeder Geschichte eine Runde geküsst hätten, hätte ich die Strapazen sicher nicht ausgehalten. Aber das Küssen entschädigte mich für alles. Es war so wundervoll. Nach jedem Kuss wusste ich ganz genau, wie verliebt ich in Simon war.

Manchmal, wenn ich mich gar nicht mehr auf Simons Vorträge konzentrieren konnte oder vor lauter Lächeln fast einen Kieferkrampf bekam, zog ich Simon mitten im Satz einfach an mich und küsste drauflos. Er ließ sich das immer bereitwillig gefallen und knüpfte nach dem Kuss einfach wieder da an, wo er aufgehört hatte.

Ich versuchte auch ein paar Mal, das Gespräch durch eine eigene Geschichte zu bereichern oder durch Kommentare wie: »Ach, das kenn ich. Bei mir war das auch einmal so. Da habe ich …« oder: »Bei uns in der Mannschaft läuft das etwas anders. Wir …« oder: »Findest du nicht auch, dass man …«

Weiter kam ich aber nie. Irgendwie schaffte es Simon auf unerklärliche Weise, alles, was ich sagte, als Einladung zu einem neuen Wortschwall zu verstehen. Eigentlich mochte er es am liebsten, wenn ich gar nichts sagte, wenn ich nickte, strahlte und am Ende einer Geschichte ein passendes Kompliment bereithielt. Wenn ich ihm ein Kompliment gemacht hatte, belohnte er mich mit einem besonders langen Kuss, verfeinert durch Nackenkraulen und Ohrläppchenknabbern. Wer sollte da widerstehen!

Während Simon sich so richtig in Rage über seine letzte Mathearbeit redete und mir die Kurve, die er berechnet hatte, in den Sand zeichnete, versuchte ich mitzubekommen, was auf dem Nachbarhandtuch bei Jan und Silvie los war.

Die beiden lagen einfach nebeneinander, Hand in Hand. Wie entspannend, dachte ich neidisch. Aber nachdem ich eine Weile zu ihnen herübergestarrt hatte, musste ich meine Meinung revidieren.

»So!«, posaunte Silvie. »Wir gehen jetzt schwimmen!«

Ohne dass Jan auch nur die Chance zum Widerspruch gehabt hätte, zog sie ihn mit sich ins Wasser.

Und auch im Wasser übernahm sie das Kommando:

»Nimm mich auf die Schultern!«

»Schwimm neben mir her!«

»Spritz mich nass!«

Als die zwei zum Ufer zurückkamen, wurde es nicht besser:

»Rubbel mir den Rücken trocken!«

»Schäl mir eine Orange!«

»Creme mich ein!«

Pärchensein war eine anstrengende Sache. So oder so. Man bekam nichts umsonst. Wer küssen wollte, musste sich mit dem Rest auch abfinden. So war Verliebtsein nun mal. Da konnte man nicht mehr egoistisch sein und einfach machen, was man wollte. Da musste man Rücksicht nehmen, sich anpassen, Kompromisse schließen. Ein Pärchen bestand schließlich aus zwei Menschen. Wer das nicht wollte, der musste eben wieder Single werden. Und Singles wurden nicht geküsst. Schreckliche Vorstellung! Sofort zog ich Simon an mich und ließ mich schnell von den süßen Vorzügen des Pärchendaseins überzeugen.

»Verliebtsein ist schon 'ne verrückte Sache, findest du nicht auch?«, fragte ich Jan am übernächsten Abend, als wir uns erschöpft ins Bett fallen ließen.

Wir hatten nach dem unerquicklichen Gespräch über das Küssen nicht mehr viel miteinander geredet. Tagsüber waren wir mit Pärchensein beschäftigt und abends zu müde, um noch groß zu reden.

»Hm.«

Jan war wieder mal wortkarg. Das ging mir langsam wirklich auf die Nerven. Ich hatte einmal einen Kumpel gehabt, mit dem ich Pferde stehlen konnte, und jetzt hatte ich nur noch einen stummen Stockfisch, mit dem ich nicht mal über unsere gemeinsamen Erlebnisse reden konnte. Na ja gut, so gemeinsam waren die Erlebnisse nicht. Wir erlebten eher parallel dasselbe. Aber darüber konnte man sich doch auch unterhalten, oder etwa nicht?

Ich beschloss mich diesmal nicht so schnell abwimmeln zu lassen. »Du und Silvie, ihr versteht euch gut, was?«

»Hm.«

»Ich und Simon auch.«

»Hm.«

»Er ist so unterhaltsam.«

Jan drehte sich endlich zu mir um. »Ach ja? Unterhaltsam?«, fragte er spitz.

Was sollte das denn jetzt?

»Ja. Allerdings. Im Gegensatz zu dir. Dir muss man ja neuerdings die Würmer einzeln aus der Nase ziehen«, sagte ich.

Jan setzte sich auf und giftete mich an. »Dann ist es ja ein Glück, dass du jetzt Simon hast und dich nicht mehr mit mir Langweiler abgeben musst.«

»Allerdings! Wenn ich auf dich angewiesen wäre, hätte ich wenig zu lachen.« Ich war jetzt wirklich sauer.

»Weißt du was?«, fauchte Jan mich an. »Ich bin heilfroh, dass ich Silvie habe. Die nervt mich nämlich nicht den ganzen Tag mit so doofen Fragen über Küssen oder Verliebtsein!«

Es war gemein, mir vorzuhalten, dass ich noch nicht so viel Erfahrung hatte wie Silvie.

»Ach, ja?«, schrie ich. »Dafür kommandiert sie dich den ganzen Tag rum, deine Silvie-Superfrau!«

Jans Gesicht verfärbte sich dunkelrot. »Du musst grad reden. Du lässt dich doch den ganzen Tag voll quatschen von diesem Angeber!«

»Er hat wenigstens was zu erzählen. Er hat schon einiges erlebt. Er ist ein richtiger Mann. Nicht so ein Dünnbrettbohrer wie du!«

Jan blieb abrupt stehen. »Du bist nur neidisch, weil Silvie eine richtige Frau ist. Sie weiß, wo es langgeht. Du bist doch bloß eine schlechte Kopie von ihr.« Jan lief popowackelnd durch das Zimmer.

Was sollte das? Äffte er mich nach?

Ich wollte etwas besonders Gemeines erwidern, aber meine Kehle produzierte nur ein kehliges Geräusch.

Jan hielt inne, raffte sein Bettzeug zusammen und wollte gerade zur Tür gehen, als ich doch noch ein paar heisere Töne hervorbrachte.

»Wie konnte ich nur jemals mit dir befreundet sein!«

Jan schaute mich kühl an. »Das frage ich mich allerdings auch.«

Wir starrten uns einen Moment in die Augen wie zwei Gladiatoren, die darauf warteten, dass der andere sein Schwert zückt.

Dann wandte Jan sich plötzlich von mir ab, ging zur Tür und warf sie mit einem lauten Knall hinter sich zu.

»Idiot!«, brüllte ich die geschlossene Tür an.

Aber es kam keine Antwort mehr.

»Blöder Vollidiot!«

Nichts.

»Riesenblöder Superidiot!«

Da ging plötzlich die Tür wieder auf. Aber nicht Jan stand im Zimmer, sondern meine Mutter.

Im Hintergrund hörte ich Finn plärren und meinen Vater krumm und schief »Heile, heile, Gänschen« singen.

Mama sah erschöpft aus. »Was ist denn hier los?«

»Nichts!«, brüllte ich, schnappte Jans Buch von seinem Nachttisch und pfefferte es an die Wand.

»Nach nichts hört sich das aber nicht an. Habt ihr Streit?«

Ich ließ nur ein wütendes Gurgeln hören und riss wie eine Irre das Laken von Jans Bettseite.

Mama hielt sich die Hand an die Stirn und ihr besorgter Blick wurde zu einem ziemlich genervten. »Lana. Schluss damit. Dein Bruder muss schlafen. Also nimm gefälligst ein bisschen Rücksicht und hab meinetwegen einen Wutanfall, aber mucksmäuschenstill!«

Ich glaubte nicht richtig zu hören. Das war eine bodenlose Ungerechtigkeit. »Ach, aber wenn Finn die ganze Nacht brüllt und ich kein Auge zumachen kann, dann ist das in Ordnung, ja?« Meine Stimme überschlug sich.

Mamas Gesicht wurde zu Eis. »Ich habe wirklich viel Geduld. Und du hast fast immer Narrenfreiheit. Aber jetzt ist Schluss, Lana. Dein Bruder ist gerade mal ein paar Wochen auf der Welt. Du bist dreizehn. Du willst alle Freiheiten, weil du kein Kind mehr bist. Aber es gibt nicht nur Rechte. Es gibt auch Pflichten.«

»Ich ...«, wollte ich dagegenhalten, aber Mama schnitt mir das Wort ab.

»Nein. Ich will jetzt nicht diskutieren. Denk darüber nach und sei verdammt noch mal leise.« Mit diesen Worten verließ Mama das Zimmer.

Ich war baff. So was hatte es noch nie gegeben. Meine Mutter hatte immer alles mit mir ausdiskutiert. Nie hatte sie so im Befehlston gesprochen. Aber seit dieser kleine Schreihals auf der Welt war, hatte sich wohl auch das geändert. Jetzt war ich ihr nicht mal mehr eine Diskussion wert.

Ich tat mir schrecklich Leid und fühlte mich von allen bodenlos schlecht behandelt. Ich heulte und stellte mir vor, wie ich von einer Killermöwe erwischt würde. Diesmal würde es tödlich für mich enden. Und dann würden alle um mich rumhocken und sich vor lauter Gewissensbissen die Haare raufen. Jan würde sich nie mehr verzeihen, dass er mir so kurz vor meinem Tod die Tür vor der Nase zugeschlagen hatte. Und Mama würde sich bis an ihr Lebensende Vorwürfe machen, dass sie meine letzten Worte unterbunden hatte. Und mein kleiner blöder Bruder würde, wenn er groß war, an meinem Grab stehen und ich würde aus dem Himmel Blitze werfen und ...

Ich hatte keine Lust mehr, weiter darüber nachzudenken. Ich hatte schließlich nicht vor zu sterben. Und Killermöwen gab es ja auch gar nicht.

Außerdem hatte ich allen Grund, auf der Welt bleiben zu wollen. Ich hatte schließlich einen Freund. Ich wurde geküsst! Was regte ich mich überhaupt über Jan und meine Mutter auf. Ich brauchte sie nicht! Ich brauchte niemanden mehr. Ich hatte ja jetzt Simon!

Wettkampf in der Disziplin Lieben

Als ich am nächsten Morgen aus meinem Zimmer kam, saß die ganze Bande schon am Frühstückstisch. Wenn sich jetzt einer von denen einbildete, ich würde für gute Stimmung sorgen, dann hatten sie sich geschnitten. Ich schnappte mir ein Brötchen und verkündete, dass ich gleich zum Strand gehen wollte. Ich ignorierte Mamas besorgten Blick, schaute demonstrativ an Jan vorbei und verduftete.

Dummerweise war es viel zu früh, um an den Strand zu gehen. Außer einigen übereifrigen Joggern war noch keine Menschenseele da. Ich hockte mich ohne Windschutz auf mein Handtuch und versuchte mich unabhängig zu fühlen. Das war jetzt also mein neues Leben. Das Leben einer Frau. Das Leben einer unabhängigen Frau. Das Leben einer Frau mit einem Freund, der sie küsste.

Irgendwie war es ziemlich kalt an meinem ersten Tag als Frau ohne Familie und besten Freund. Ich schlotterte und klapperte mit den Zähnen.

Als ich schon besorgt auf die blauen Verfärbungen meiner Zehen starrte, kamen Jan und meine Familie und bauten ein paar Meter weiter den Windschutz auf.

Zu allem Übel hatte Mama auch noch dicke Decken mitgebracht. Sie winkte zu mir herüber.

»Komm doch zu uns!«

Ich ignorierte sie. So leicht kannst du dich bei mir nicht wieder einschleimen, dachte ich grimmig.

Jan machte es sich hinter dem Windschutz bequem, ohne mich auch nur eines Blickes zu würdigen. Ich hörte ihn lachen. Wieso um alles in der Welt lachte er? Und worüber? Ich fand es nicht fair, dass mein Ex-bester-Freund mit meiner Exfamilie was zu lachen hatte. Andererseits – sollten sie doch lachen. Ich würde ab jetzt auch nur noch lachen. Und zwar mit Simon. Wir würden schon etwas finden, über das wir uns beide königlich amüsieren konnten. Und dann würde nur noch gelacht!

Als ich meinte, meinen kleinen Zeh am linken Fuß schon nicht mehr zu spüren, kam endlich Simon die Düne heruntergetrottet.

Ich winkte ihm wild zu. Ich wollte jetzt auf der Stelle küssen und warm gehalten werden. Und lachen!

Aber Simon steuerte auf den Windschutz meiner Exfamilie zu und palaverte rum.

»Simon!«, brüllte ich gegen den Wind an. »Ich bin hier.«

Simon winkte, machte aber keinerlei Anstalten, zu mir zu kommen. Ich sprang auf, versuchte mit letzter Mühe einen einigermaßen manierlichen Gang zu bewahren und lief zum Windschutz, ohne meine Familie eines Blickes zu würdigen.

Ich griff nach Simons Hand. »Wir liegen da drüben!«

»Aber ich habe deinem Vater gerade erzählt, wie ich beim letzten Turnier ...«

»Das kannst du ja mir erzählen.«

»Du kennst die Geschichte doch schon.«

Ich kannte so viele Geschichten, die sich alle gleich anhörten, dass es darauf nun auch nicht mehr ankam.

»Deine Geschichten könnte ich tausendmal hören«, sagte ich mit engelsgleicher Stimme und legte den Kopf schief.

Bingo. Die Masche zog einfach immer.

»Also, bei unserem letzten Spiel in der dreizehnten Minute, da ...«

Ich nickte und lächelte und drückte mich dabei so eng wie möglich an Simon, um nicht zu erfrieren. In regelmäßigen Abständen von zehn Sekunden lachte ich laut los.

»Nein, wie lustig! Hahaha. Das ist ja zu komisch!«

Simon war die ersten Male ein bisschen irritiert. »Aber ich hab doch nur erzählt, dass Paul mir den Ball abgeluchst hat.«

»Jaaa. Hahaha. Aber wie du das erzählt hast! Das war einfach zum Schreien. Du bist so witzig!« Ich lachte noch ein bisschen lauter.

Und weil Simon sich so freute, dass ich ihn witzig fand, lachte er schließlich mit. Seht ihr!, dachte ich, mein Leben ist viel lustiger als eures.

Nach der Geschichte brauchte ich ganz dringend einen extralangen Kuss. Und den bekam ich dann auch.

Mittlerweile war auch Silvie zum Strand gekommen, hatte Jan hinter dem Windschutz hervorzitiert und wollte in unsere Richtung steuern. Doch Jan hielt sie zurück und flüsterte ihr etwas ins Ohr. Zeitgleich wollte Simon erfreut den Arm heben, um die beiden heranzuwinken. Ich hielt ihn zurück und flüsterte ihm etwas ins Ohr.

»Ich möchte einfach mal mit dir allein sein. Lass die doch.«

Simon schaute mich verdutzt an, schien meine Idee aber nicht so abwegig zu finden.

Jan und Silvie ließen sich zwanzig Meter entfernt auf ihren Handtüchern nieder.

Unter den absolut verwirrten Blicken meiner Eltern lieferten Jan und ich uns dann einen Pärchenkampf, der sich gewaschen hatte. Wollen wir doch mal sehen, wer hier den besseren Fang gemacht hat, war die Devise.

Wenn ich Simon küsste, schielte ich heimlich zu Jan und Silvie. Kaum hatte ich meine Lippen auf Simons gedrückt, zog Jan Silvie mit einem Schwung zu sich heran.

Nach einer Viertelstunde Dauerküssen, packte mich richtig der Ehrgeiz. Wenn mein Ex-bester-Freund hoffte, ich würde aufgeben, hatte er sich geschnitten.

Simon versuchte einige Male, den Kuss zu beenden. Wahrscheinlich brannte ihm eine neue spannende Geschichte unter den Nägeln, aber das ließ ich nicht zu. Ich hatte ihn fest im Griff und ließ nicht locker.

Es war schließlich Silvie, die Jan zum Verlierer machte. Sie schüttelte ihn regelrecht ab und wollte auf der Stelle ein Eis.

Gewonnen!, dachte ich triumphierend und ließ von Simon ab.

»Du bist aber rabiat heute«, sagte Simon unzufrieden.

Ups! Bei dem Wettstreit hatte ich ganz vergessen, darauf zu achten, wie ich mich benahm. Und es schien nicht gerade ladylike zu sein, dem Jungen vorzuschreiben, wie lange ein Kuss zu dauern hatte.

Ich legte schnell den Kopf schief und säuselte: »Du bist einfach ein wunderbarer Küsser. Da ist es wohl mit mir durchgegangen!«

Gegen drei Uhr Nachmittag knurrte mir schrecklich der Magen. Ich hatte kein Geld mitgenommen. Und Simon war ebenfalls blank.

Ausgerechnet in dem Moment winkte Mama zu mir rüber und hielt Hühnerbeinchen in die Luft. Oh mein Gott. Hühnerbeinchen. Kross gebraten. Innen ganz saftig. Das Wasser lief mir im Mund zusammen.

Als ich dann auch noch sah, wie Silvie und Jan sich auf die Hühnerbeinchen zubewegten, hielt mich nichts mehr. Ich beschloss meine Exeltern wieder zu meinen Eltern zu machen. Zumindest vorläufig.

Es gab nicht nur kross gebratene Hühnerbeinchen, sondern auch noch Kartoffelsalat und zum Nachtisch göttlichen Kuchen. Hinter dem Windschutz war es mindestens zwanzig Grad wärmer. Papa rubbelte mir sogar die Füße warm. Ich musste mir eingestehen, dass ich vielleicht noch ein paar Jahre zu jung war, um ganz und gar unabhängig zu sein.

»Na, wieder alles im Lot?«, flüsterte Papa.

»Geht so«, sagte ich knapp.

»Geht so ist die richtige Richtung«, lächelte Papa.

Nachdem der letzte Krümel aufgegessen war, standen meine Eltern auf und beschlossen, einen Verdauungsspaziergang zu machen.

Mama beugte sich zu mir runter. »Du erinnerst dich, was ich gestern gesagt habe. Nicht nur Rechte, auch Pflichten. Also, pass bitte auf deinen Bruder auf.«

Na, toll. Da beschloss man gütigerweise seine Exeltern wieder zu seinen Eltern zu machen und schon hatte man Babysitting am Hals.

Um nicht in Versuchung zu geraten, gegen meine »Pflichten« zu revoltieren, und um Jan und Silvie keinen allzu großen Vorsprung zu geben, krabbelte ich schnell zu Simon und küsste ihn.

Ich hörte noch undeutlich, dass Papa irgendwas zu mir sagte, verstand aber nicht genau, was. Wahrscheinlich wieder so ein Unsinn, wie: Und denk dran, dass Babys nicht zu viel Wind vertragen. Oder: Die Windeln sind in der rechten Vordertasche.

Was ging mich das an? Ich hatte weder vor, Finn auch nur einen Zentimeter von seinem Platz zu bewegen, noch hatte ich die Absicht, seine Windeln zu wechseln. Nie im Leben hätte ich diese widerlichen Windeln angefasst!

Simon und ich küssten uns eine ganze Weile. Irgendwie musste ich dabei zu meiner Verblüffung feststellen, dass das Küssen anders geworden war. Es war schon noch schön. Es schmeckte auch noch lecker. Aber immer öfter mischten sich Gedanken in meinen Kopf, die mit Küssen eigentlich nicht viel zu tun hatten.

Sollte ich bei meiner nächsten Periode auch mal Tampons versuchen? Oder: Würde ich in der nächsten Saison Mannschaftskapitän werden? Oder: Mich juckt es am linken Bein.

Ohne dass Simon es mitbekam, kratzte ich mir während des Küssens ausgiebig meinen sonnenverbrannten Schenkel. Und als der Kuss fertig geküsst war, warf ich einen mürrischen Blick zu Finn rüber.

Das heißt, ich wollte mürrisch zu Finn rübergucken. Aber ich guckte mürrisch ins Leere.

»Ahhh!«

In meinem Bauch zog sich alles zusammen, als würde jeden Augenblick der Blinddarm platzen. Ich sah nur noch rot. Wie eine Irre wühlte ich in den Decken, in denen Finn eben noch friedlich geschlafen hatte.

»Er ist weg! Oh mein Gott. Er ist weg!«

Mein Geschrei hatte auch Jans und Silvies Kuss beendet. Zu viert durchsuchten wir Decken, Körbe und Badesachen. Nichts. In null Komma nichts liefen mir Tränen ungehindert das Gesicht runter. In Panik blickte ich über den Strand.

»Fiiinn!«

Und da! Ich traute meinen Augen nicht. Mit riesigen Schritten lief eine Frau die Dünen hoch. Sie hielt ein Bündel an sich gepresst. Und aus dem Bündel baumelten zwei Beinchen.

»Halt! Halt! Sofort anhalten!« Ich deutete wie wild auf die flüchtende Frau. »Hinterher!«

Ich wollte schon lospreschen, aber Simon hielt

mich zurück. »Du kannst unmöglich einfach hinterherlaufen. Das ist viel zu gefährlich. Wir müssen die Polizei holen!«

Wie eine Furie riss ich mich los, schubste ihn dabei in den Sand und kreischte: »Ich soll warten, bis sie mit Finn über alle Berge ist?«

»Ja, Simon hat Recht! Das ist eine Sache für die Polizei!«, sagte Silvie entschieden.

Ich fasste es nicht. Wollte mir denn keiner helfen? In dem Moment packte mich eine Hand und zog mich weg. Jan!

»Worauf wartest du noch?«, sagte er. »Los!«

Ich rannte. Undeutlich hörte ich Simon und Silvie hinter uns her rufen.

»Ihr seid verrückt!«

»Das bringt doch nichts!«

Wilde Verfolgungsjagd

»Jan! Wo sind sie?«, kreischte ich außer mir vor Angst.

Ich konnte die Frau und Finn nirgendwo mehr sehen. Hatten wir sie verloren?

»Da!« Jan hatte sie entdeckt. Die Frau stieg gerade in ein Auto.

»Nein!«, schrie ich. »Sie darf nicht wegfahren. Nein! Hilfe! Sie hat meinen Bruder!«

Keiner der Erwachsenen um uns herum machte Anstalten, uns zu helfen. Sie schauten uns lediglich pikiert an und fragten sich wahrscheinlich, wieso wir ihre wohlverdiente Urlaubsruhe störten. Jan und ich rannten die Düne hinunter und hechteten dem Auto hinterher.

»Halten Sie an! Entführung! Kidnapping!«

Wir hatten keine Chance. Der Polo fuhr uns unaufhaltsam davon.

»Oh mein Gott, Jan. Was sollen wir jetzt tun?«

Ich versuchte die Tränen zu unterdrücken, die wie wild unter meinen Lidern brannten. Wir schauten uns hastig um. Irgendeine Lösung musste sich doch finden lassen!

Und tatsächlich. Die Lösung kam aus den Dünen

getuckert. Ein Laster mit offener Ladefläche fuhr an uns vorbei. Jan und ich wechselten einen sekundenschnellen Blick und waren uns sofort einig. Hinterher! Wir rannten mit dem Laster auf einer Höhe.

»Aufspringen!«, schrie Jan.

Ich versuchte im Laufen hochzuhechten, aber die bescheuerte Ladefläche war verdammt weit oben. Ich schaffte es nicht. Ich probierte es immer wieder und nach jedem Versuch wurden meine Beine müder. Selbst das Rennen fiel mir schon schwer.

Jan versuchte es von der Seite. Er sprang, zog sich hoch und plumpste auf die Ladefläche. Verdammt! Wieso hatte ich nicht so viele Muskeln in den Armen? Jan war gekrönter Klimmzüge-König. In meinem Bizeps gab es nur Pudding.

»Jan, ich kann nicht mehr. Meine Beine machen schlapp!«, röchelte ich.

Jan beugte sich über den Rand der Ladefläche und feuerte mich an. »Halte durch, Lana! Du schaffst das!«

Ich rannte wie eine Irre. Wurde ich immer langsamer oder wurde der Laster schneller?

»Lana, du musst jetzt drauf. Wir sind gleich an der Straße, dann gibt er Gas und du bist abgehängt!«, rief Jan drängend.

Tatsächlich! Der Laster hatte den verkehrsberuhigten Weg zum Strand fast hinter sich gelassen. Mir blieben nur noch Sekunden.

»Jan!«, brüllte ich völlig außer Atem. »Was soll ich denn tun?«

»Spring, Lana! Spring, so hoch du kannst. Stell dir vor, du würdest am Korb hochhechten. Streck deine Hände aus. Spring! Ich zieh dich hoch!«

Ich hatte rasende Angst zu stürzen. Aber noch viel mehr Angst hatte ich, meine letzte Chance zu verpassen. Jan streckte seine Hände aus. Seine Augen flehten mich an.

»Jetzt!«

Ich sprang.

Jan packte zu. Meine Füße hatten keinen Bodenkontakt mehr, schwangen in der Luft und fanden nirgends Halt. Völlig hilflos baumelte ich an Jans Händen und meine Knie schlugen immer wieder gegen das Blech. Ich war viel zu panisch, um irgendeinen Schmerz zu fühlen. Ich wollte nur Halt finden!

»Lass mich nicht los!«, schrie ich.

»Ich hab dich!«

In dem Moment bog der Laster auf die Straße ab und erhöhte das Tempo. Verzweifelt suchte ich mit meinen Füßen nach einem Vorsprung in dem aalglatten Blech. Und endlich erwischte ich mit dem linken Fuß eine vorstehende Schraube, an der ich mich hochdrücken konnte.

Jan zog wie wild an meinen Händen. Mit allerletzter Kraft wuchtete ich mich über den Rand und machte eine Bauchlandung auf der Ladefläche.

»Lana? Alles okay?« Jan beugte sich über mich.

Ich checkte kurz sämtliche Körperteile durch und konnte keine ernsthaften Schäden feststellen.

»Ja. Alles okay.«

Erst jetzt sah ich, dass ich meine relativ weiche Landung einem Haufen stinkendem Müll zu verdanken hatte. Ich lag inmitten von Bananenschalen und Tetrapacks.

»Du blutest«, stellte Jan fest und deutete auf meine Knie. Schnell holte er ein Taschentuch aus der Hosentasche, spuckte drauf und tupfte vorsichtig den Dreck von der Wunde.

»Tut nicht weh«, sagte ich tapfer.

Jan grinste mich an.

Für einen Moment ging es mir richtig gut. Ich hatte den Fahrtwind in den Haaren und völlig vergessen, wieso ich auf der Ladefläche eines Lasters hockte.

»Der Polo!«, fiel es mir dann wie Bananenschalen aus den Haaren.

Wir kletterten über den Müllberg nach vorne und reckten die Hälse, um über die Fahrerkabine auf die Straße sehen zu können.

Gott sei Dank! Da war der Polo. Ungefähr vierzig Meter vor uns fuhr die miese Entführerin mit meinem Bruder.

»Jan, ich bin schuld.«

»Wieso?«

»Ich habe mir gewünscht, dass Finn weg ist. Und jetzt ... « Ich kam nicht weiter. Die Tränen erstickten meine Stimme.

Jan schaute mich mit einem wilden Blick an und schüttelte mich an den Schultern. »Du bist nicht schuld, kapiert? Diese Frau ist schuld. Von Phantasien ist noch kein Baby entführt worden.«

Ich nickte und riss mich zusammen. Mit Schuldgefühlen und Tränen war Finn schließlich nicht gedient. Ich hatte auch gar keine Zeit, länger zu grübeln. An der nächsten Kreuzung setzte die Frau den Blinker und bog ab.

»Oh, bitte, lass uns auch abbiegen!«, kreischte ich und schickte ein Stoßgebet zum Himmel.

Warum hatte ich mir bei der letzten Sternschnuppe nicht einmal freie Abbiegwahl gewünscht? Na ja, ich hatte nicht ahnen können, dass ich mir mal ein Abbiegen wünschen würde. Aber ich hätte so vernünftig sein können, mir den Wunsch gutschreiben zu lassen, um ihn bei einer wirklich wichtigen Angelegenheit zu verwenden. Was war Küssen schon gegen Abbiegen!

Mir fiel ein ganzer Steinbruch vom Herzen, als auch der Laster abbog.

»Das halten meine Nerven nicht aus!«, röchelte ich.

Doch es wurde noch schlimmer. Der Laster setzte zum Überholmanöver an.

»Oh, nein, wir dürfen nicht überholen!«

Ich trommelte wie wild auf die Fahrerkabine. Aber es nützte nichts. Wir überholten. Verzweifelt versuchte ich in das Wageninnere des Polos zu schauen.

Da saß sie. Die Entführerin meines Bruders.

»Hexe!«

Wer eine so riesige, lange Nase und so struppige Haare hatte, konnte nur eine Hexe sein. Noch nie hatte ich ein so durch und durch böses Gesicht gesehen.

»Da. Auf der Rückbank!«

Oh mein Gott. Auf der Rückbank lag ein Korb und in dem Korb lag Finn. Die Hexe hatte ein Fell über ihn gelegt. Ich konnte ihn nicht sehen. Hoffentlich bekam er Luft darunter. Hoffentlich erstickte er nicht!

Wir hängten uns über die Brüstung im Heck des Lasters und deuteten der Hexe an, sofort zu stoppen. Die allerdings winkte uns einfach mit einem bösen Grinsen zu.

»Die ist eiskalt!«, rief Jan mir zu.

»Oder verrückt. Mein Gott, Jan, die ist bestimmt durchgedreht!«

»Was machen wir jetzt?«

Noch ehe ich eine Antwort auf diese Frage auch nur andenken konnte, passierte die nächste Katastrophe. Die Hexe setzte den Blinker, winkte uns noch einmal mit ihrem durchtriebenen Grinsen zu und bog hupend in einen schmalen Weg ein.

»Wir müssen raus!«, schrie Jan.

Wir hämmerten wie verrückt auf die Fahrerkabine. War der da drinnen taub? Wieso hörte er uns nicht?

»Der hat bestimmt laut Musik an!«, meinte Jan.

Ohne mein Gehirn zu fragen, ob ich vielleicht lebensmüde sein könnte, zog ich mich an der Fahrerkabine hoch und stemmte mich auf das Dach.

»Halt mich fest!«, schrie ich.

Jan packte meine Beine. »Sei vorsichtig, Lana!«

Ich krallte mich an die blanke Fläche und robbte langsam weiter vor, bis ich mit meinen Händen an die Frontscheibe hämmern konnte. Das wirkte. Blind schien der Fahrer jedenfalls nicht zu sein.

Augenblicklich verlangsamte der Laster das Tempo und hielt schließlich am Seitenstreifen an. Der Fahrer sprang wie ein wild gewordener Handfeger aus dem Wagen und schimpfte auf Niederländisch auf uns ein.

»Verstehen Sie Deutsch?«, unterbrach ich seinen Wortschwall. »Mein Bruder ist entführt worden. Wir brauchen Hilfe!«

Aber es war hoffnungslos. Jan und ich wechselten einen Blick und entschieden: Ab durch die Mitte!

Ohne Vorwarnung sprangen wir wie die Wiesel vom Laster und rannten, so schnell wir konnten, in die Richtung, aus der wir gekommen waren. Der Fahrer lief brüllend hinter uns her. Aber mit seinem Bauch, der größer war als der meiner Mutter im neunten Monat der Schwangerschaft, kam er nicht weit. Nach ein paar hundert Metern ließ er das Laufen bleiben und schimpfte uns lediglich noch eine Weile hinterher.

Ich hörte ihn bald nicht mehr. Ich hörte nur noch meinen Puls in den Ohren pochen. Wir rannten wie medaillenverdächtige Marathonläufer die Landstraße entlang, bis wir zu dem Weg kamen, in den der Polo eingebogen war. Der Weg führte über Felder zu einem bewaldeten Grundstück, auf dem ein Bauernhof stand.

»Finn, halte durch! Wir kommen!«

Bonnie und Clyde

»Kannst du irgendwas sehen?«, flüsterte ich.

Jan spähte vorsichtig um die Ecke eines Schuppens, hinter dem wir außer Atem kauerten. Von hier aus konnte man das Haus überblicken. Der blaue Polo stand genau davor.

»Nee. Die Läden sind alle zu«, wisperte Jan zurück. »Wir müssen näher ran.«

Auf leisen Sohlen schlichen wir vom Schuppen zu einem Baum und versteckten uns dort so lange, bis unsere Herzen wieder einigermaßen im Takt klopften. Vom Baum aus ging es mit einem schnellen Sprint zum Haus. Wir pressten uns bebend gegen die Mauer.

»Und jetzt?«, fragte ich leise.

»Jetzt schleichen wir uns zum ersten Fenster und versuchen reinzuschauen.«

Wir huschten ein paar Meter vorwärts. Ich war so damit beschäftigt, keinen Lärm zu machen, dass ich holterdiepolter über einen ollen Blecheimer stolperte. Es schepperte, als habe man einen Laster Altmetall ausgeschüttet.

»Pssst. Bist du wahnsinnig?«, zischte Jan.

Wir warteten fünf Minuten in Totenstarre an die

Wand gepresst, aber es passierte nichts. Keiner schien uns gehört zu haben.

»Also weiter.«

Wir erreichten das erste Fenster und ich versuchte durch die Ritzen der Läden hineinzulinsen. Plötzlich musste ich an den Tag denken, an dem Finn geboren worden war. Damals hatte ich durchs Schlüsselloch geschaut. Aber etwas hatte sich entschieden geändert: Damals hätte ich alles darum gegeben, Finn nicht zu sehen, jetzt hätte ich mein letztes Hemd verschenkt, um ihn zu sehen.

»Nichts!«, flüsterte ich. »Nur ein Schlafzimmer. Kein Mensch weit und breit. Jan, sie wird ihm doch nichts tun, oder?«

»Nein, sie wird ihm nichts tun. Was soll sie ihm denn tun?«

»Und wenn sie eine Kannibalin ist und ein Baby für den Sonntagsbraten gebraucht hat?«

Die Phantasie ging mit mir durch. Ich sah den kleinen Finn mit Zitrone im Mund auf einem silbernen Tablett, garniert mit Salatblättern. Die Tränen schossen mir wie wild in die Augen.

»Unsinn, Lana. Sie hat ihn entführt, weil er so niedlich ist und weil sie sich ein Kind wünscht. Du kennst doch diese Geschichten von Frauen, die selbst keine bekommen können und deshalb fremde Kinder entführen.«

Ja, ich kannte diese Geschichten. Und in der Regel waren die Frauen in diesen Geschichten am Ende immer im Irrenhaus gelandet. Bitte, lieber Gott, mach, dass sie ihren Wahnsinn nicht an Finn auslässt!, dachte ich.

Wir schlichen weiter zum nächsten Fenster. Diesmal schaute Jan durch die Ritzen.

»Die Küche.«

»Schnell, guck nach, ob ein großer Kochtopf auf dem Herd steht«, flüsterte ich.

»Lana. Finn wird nicht gekocht. Es geht ihm gut.«

Wir schlichen weiter um die nächste Ecke.

»Verdammt. Hier vorne ist eine Terrassentür. Da können wir uns nicht so ohne weiteres ranschleichen«, bemerkte Jan.

»Also auf Tauchstation«, entschied ich.

Wir warfen uns auf den Boden und robbten auf die Terrassentür zu. Todesmutig streckte ich meinen Kopf vor und schaute schnell hinein. Ich sah niemanden. Aber ich entdeckte, dass die Tür einen Spalt offen stand.

»Wir müssen rein. Wahrscheinlich ist sie mit Finn im ersten Stockwerk, bestimmt im Bad. Wer weiß, was sie da mit ihm anstellt.« Ich atmete noch einmal tief durch und versuchte den Gedanken an weiße Kacheln mit roten Blutspritzern loszuwerden.

»Ich gehe vor«, entschied Jan.

Wie die Eidechsen krabbelten wir durch die angelehnte Terrassentür ins Innere des Hauses. Ich sah mich um. Das Haus hatte etwas Unheimliches an sich. Die Möbel waren schwer und dunkel. Von den alten Teppichen ging ein muffiger Geruch aus. Der Geruch von Verbrechen und Wahnsinn!

Auf allen vieren krabbelten wir weiter. Vom Wohnzimmer ging ein Flur ab. Und vom Flur führte eine Treppe in den ersten Stock.

Jan warf mir einen Blick zu. Bereit? Ja, ich war bereit. Was auch immer uns dort oben erwarten würde, ich war bereit mein Leben zu opfern, um Finn zu retten.

Wir schlichen auf leisen Sohlen die Treppe hinauf. Das heißt, wir wollten auf leisen Sohlen schleichen, aber die Treppe war uralt und knarrte unter unseren Füßen wie im besten Horrorfilm. Das musste die Hexe hören! Und wenn nicht sie, dann all ihre wahnsinnigen Helfershelfer, die nur darauf warteten, uns in die Hände zu kriegen und in der Tiefkühltruhe für schlechte Zeiten aufzubewahren.

Wir schafften es, ohne ertappt zu werden, in den ersten Stock.

»Du nimmst die linke Seite, ich die rechte«, wisperte ich Jan zu.

Mir war zwar gar nicht wohl dabei, allein in diesem Haus herumzuschleichen. Aber noch weniger wollte ich das Ganze unnötig in die Länge ziehen. Ich lief nach rechts und lugte in ein Zimmer, dessen Tür offen stand. Ein Arbeitszimmer. Auf einem riesigen Schreibtisch türmten sich Papiere und an den Wänden hingen Zeitungsausschnitte. Oh mein Gott, dachte ich. Hier lebt eine Wahnsinnige ihren Wahnsinn aus.

Die Zeitungsausschnitte sprachen für sich. Alles Artikel mit Babyfotos. Sie ist besessen!, dachte ich schaudernd. Besessen von dem Wunsch nach einem Kind. Ich konnte den spitzen Schrei, der aus meiner Kehle kam, nicht verhindern.

Eine Sekunde später kam Jan mit Panik in den Augen herein. »Leise«, zischte er.

Ich deutete hilflos auf die Bilder. Jan betrachtete sie eingehend. Als er sich mir wieder zuwandte, sah ich an seinem Blick, dass ich Recht hatte.

»Sie ist wahnsinnig«, murmelte er.

Ich nickte.

»Wir dürfen keine Sekunde verlieren«, entschied Jan.

»Hier oben ist aber nichts.«

»Dann müssen wir in den Keller.«

Mir gefror das Blut in den Adern. »In die Gruft?«

Unter allergrößter Anspannung schlichen wir wieder die Treppe hinunter.

»Wir brauchen Waffen!«

Jan griff nach einem Spazierstock mit einer eisernen Ente als Knauf. Ich schaute mich suchend um und entdeckte in einem alten Hut an der Garderobe eine lange spitze Hutnadel. Das würde gehen!

Wir schlichen zu einer Tür, hinter der wir die Kellertreppe vermuteten. Als wir die Tür öffneten, quietschte sie laut und durchdringend.

»Verdammt! Muss hier alles ein Geräusch machen?«

Wir ließen uns nicht aufhalten und stiegen mit vor Angst steifen Beinen die Kellertreppe hinunter. Ein moderiger Geruch von Schimmel und nassen Lappen schlug uns entgegen. Es wurde um einige Grade kälter. Und es war stockdunkel.

Ich hielt mich an Jans Schulter fest, um ihn nicht zu verlieren und um nicht auf meinen wackeligen Beinen zusammenzubrechen. Ich hatte normalerweise keine Angst im Dunkeln. Aber diese Dunkelheit war irgendwie anders. Durch und durch gruselig. Da konnte man glatt wieder an die Existenz von Gespenstern glauben. Ich rechnete jeden Augenblick damit, dass eine kalte Leichenhand nach meinem Knöchel fassen würde.

»Lana, du zitterst ja«, stellte Jan fest.

»Mir ist nur kalt«, log ich.

Ich spürte Jans warme Hand auf meiner. »Ich bin ja bei dir.«

Ja, Jan war bei mir. Und ich war in meinem ganzen Leben noch nie so dankbar gewesen, dass jemand bei mir war.

Die Treppe endete in einem großen Raum, der mit Fässern voll gestellt war.

»Ich will nicht wissen, was in den Fässern ist«, zischte ich.

Gift? Blut? Säure?

Schemenhaft konnten wir erkennen, dass von dem Raum drei Türen abgingen. Ich öffnete todesmutig die erste. Ich hatte damit gerechnet, dass mir mindestens eine Mumie entgegenfallen würde. Aber nichts Schlimmes passierte. In dem Raum lagerte lediglich alter Hausrat. Die zweite Tür öffnete Jan. Wieder keine Mumie. Hier war der Heizungskeller. Alle guten Dinge sind drei, dachte ich tapfer und riss die letzte Tür auf. Aber hinter dieser Tür war gar kein Raum. Hier befand sich ein Gang.

»Ein Geheimgang«, wisperte ich.

Meine Hände zitterten wie Espenlaub und auf der Stirn stand mir der Angstschweiß. Kein normales Haus hatte einen Geheimgang. Geheimgänge hatten nur Häuser, die ein Geheimnis zu verbergen hatten. Ein schreckliches Geheimnis!

Jan legte entschlossen seine Hände auf meine Schultern. »Wir müssen jetzt stark sein. Wenn wir das hier schaffen, haben wir für den Rest unseres Lebens vor nichts und niemandem mehr Angst.«

Ups!

Der Gang endete abrupt nach zwanzig Metern.

»Oh mein Gott!«, zeterte ich und kratzte an der glatten Wand. »Das ist eine Sackgasse. Eine Falle. Sicher hat man uns schon den Rückweg abgeschnitten.«

Jan tippte mir auf die Schulter und deutete nach oben. Über uns war eine Falltür. Eine schmale Leiter führte dort hin.

»Wenn wir da hochgehen, laufen wir ihr direkt in die Arme«, zeterte ich weiter.

»Wir haben keine andere Wahl«, sagte Jan.

Er hatte Recht. Finn war irgendwo da oben in der Gewalt dieser Verrückten. Und es gab niemanden außer uns, der ihn retten konnte. Wir hatten keine Wahl!

»Jan, wenn uns da oben jetzt was Schreckliches passiert und ich vielleicht nicht mehr die Gelegenheit habe ...« Ich musste schlucken. »Ich wollte nur sagen: Ich habe das nicht so gemeint, als ich gesagt habe, dass ich gar nicht weiß, warum ich all die Jahre mit dir befreundet war. Ich ...«

Jan legte mir den Finger auf die Lippen. »Weiß ich doch.«

Wir kletterten die Leiter hoch. Mit den Händen wuchteten wir die Falltür ein Stück empor und steckten unsere Köpfe durch den Spalt. Wir befanden uns in einer alten Scheune. In keiner Folterkammer. Nur in einer Scheune.

»Ich kann niemanden sehen.«

In dem Moment hörten wir ein Geräusch, das uns die Haare zu Berge stehen ließ. Was war das? Eine Kettensäge? Voller Entsetzen ließ ich die Falltür zufallen.

»Lass uns abhauen!«, schlug ich vor. Aber im nächsten Augenblick schüttelte ich den Kopf. »Lass uns reingehen!«

»Attacke!«, sagte Jan entschlossen.

»Attacke!«, wiederholte ich schnell.

Wir kletterten in die Scheune. Jan hielt den Spazierstock wie ein Schwert in der Hand. Ich zückte die Hutnadel und war bereit, sie in jeden zu piken, der Finn zu Leibe rücken wollte.

Wir pirschten uns voran, immer dem Geräusch nach. Es führte uns aus der Scheune heraus in einen Hof. Als wir vorsichtig um die Ecke spähten, sahen wir sie: die Hexe!

Sie stand in der Mitte des Hofes, die bösen Augen hinter einer Schutzbrille versteckt, in der Hand eine laufende Kettensäge, mit der sie brutal einen Baumstamm malträtierte. Überall im Hof standen verstümmelte Baumstämme. Sie sahen aus wie Statuen. Kinderstatuen.

Oh Gott, dachte ich schaudernd, sie fertigt als Erinnerung für jedes ihrer Opfer eine Holzfigur an und bald stehen wir auch als Statuen in diesem Hof. Einige Meter von der Frau entfernt entdeckte ich den Korb mit dem Fell. Finn!

Wir standen da mit gezückten Waffen und wussten nicht, was wir tun sollten. Mit Spazierstock und Hutnadel konnten wir nichts gegen eine Kettensäge ausrichten.

In meinen Adern pumpte flüssige Lava und mit einem Satz stürmte ich auf die Hexe zu. »He!«, schrie ich.

Die Hexe drehte sich um.

»Geben Sie ihn zurück!«, rief ich.

Die Hexe schaltete die Motorsäge ab. Sie nahm langsam die Brille ab. Statt rot unterlaufener, durch und durch böser Augen blickten uns zwei blaue Kulleraugen verwirrt und erschrocken entgegen.

»Ich verstehe nicht«, sagte sie in fast akzentfreiem Deutsch.

Jan preschte vor und bedrohte die Frau mit dem Spazierstock.

»Hol ihn dir!«, sagte er zu mir. »Ich gebe dir Feuerschutz!«

»Kinder, was ...?«, fragte die Hexe mit den Kulleraugen verständnislos.

Sie stellt sich dumm, dachte ich. Sie hat ihre bösen Augen mit Kontaktlinsen getarnt, damit sie unschuldig aussieht. Aber ich durchschaue sie!

Ich dachte an den armen Finn, der unter dem Fell um Atemluft rang, rannte los, stürzte mich auf den Korb und griff nach dem struppigen Lappen.

»Auuu!« Ein stechender Schmerz fuhr mir in die Hand. »Das Fell hat mich gebissen!«

Aber Felle können nicht beißen, dachte ich im selben Augenblick. Moment mal. Das Fell war gar kein Fell! Das Fell war lebendig. Das Fell war ein Hund! Und der Hund lag nicht auf Finn! Hier war überhaupt kein Finn! Ich drehte mich zu der Hexe um.

»Sie haben meinen Bruder gar nicht?«, fragte ich mit erstickter Stimme.

Jan ließ den Spazierstock sinken und die Frau seufzte erleichtert.

»Ich soll deinen Bruder haben? Kinder, was ist denn nur los?«

Die Frau, die sich als Frau Bondje vorstellte, führte uns ins Haus zurück. Irgendwie sah jetzt alles anders aus. Dieses Haus war mir so unheimlich vorgekommen? Wenn ich es mir jetzt anschaute, fand ich es eigentlich total gemütlich. Frau Bondje hatte auch gar keine große Nase und ihre Haare waren nicht struppig, sondern lockig. Und überhaupt. Hier war nichts unheimlich, geschweige denn wahnsinnig. Wie peinlich!

Frau Bondje erzählte uns, dass sie Künstlerin sei. Sie machte Skulpturen aus Holz und schrieb nebenbei Kinderbücher.

Kinderbücher!, dachte ich beschämt, deshalb sammelte sie all die Zeitungsausschnitte über Babys und Kleinkinder. Und ich hatte sie für eine Wahnsinnige gehalten.

»Das ist ja eine schlimme Geschichte«, sagte Frau Bondje kopfschüttelnd, nachdem Jan ihr erzählt hatte, was passiert war.

In der Küche holte sie aus einem Schrank Verbandszeug und setzte mich auf den Küchentisch.

»Mit Hundebissen darf man nicht spaßen! Tut es weh?«

Ich konnte nicht mehr sprechen. Ich schluchzte nur noch leise vor mich hin. In meinem Hals war ein Kloß, der sich auch mit Gewalt nicht runterschlucken ließ.

Ich zuckte nicht mal zusammen, als Frau Bondje mir einen halben Liter Jod über die Wunde schüttete. Der Schmerz in meinem Herz war so viel größer. Wenn Frau Bondje Finn nicht entführt hatte, was war dann mit ihm geschehen? Wo war er?

»Wir rufen jetzt eure Eltern an«, sagte Frau Bondje und ging zum Telefon.

Ich hörte die schrille Stimme meiner Mutter.

»Hallo?«

So hörte sie sich nur an, wenn sie außer sich war vor Sorge. Wie damals, als ich aus dem zweiten Stock der Grundschule gesprungen war, um meinem Flummi nachzujagen und mir das Bein gebrochen hatte. Jetzt war sie außer sich vor Sorge um Finn. Und ich war schuld, weil ich lieber hatte küssen wollen als auf meinen kleinen Bruder aufzupassen.

Frau Bondje drückte mir den Hörer in die Hand.

»Mama.« Aus meiner Kehle kam nur noch Gekrächze. »Mama. Es tut mir so Leid. Ich bin an allem schuld. Ich ...«

Mama unterbrach mich. »Lana. Gott sei Dank. Lana. Geht es dir gut? Wo bist du? Ist Jan bei dir? Wir haben uns solche Sorgen um euch gemacht.«

Was sagte sie da? Sie hatte sich Sorgen um uns gemacht?

»Aber Finn ...«, jammerte ich.

»Engelchen. Finn geht es gut. Er ist nicht entführt worden. Simon hat uns alles erzählt. Es war nur ein Missverständnis. Wir haben Finn mitgenommen.«

»Was?« Meine Gefühle schwappten hin und her zwischen Verständnislosigkeit und Erleichterung.

»Als wir aufgebrochen sind, hat Papa zu dir gesagt, dass wir Finn doch lieber mitnehmen. Offenbar hast du es bei all der Küsserei nicht mitbekommen.«

Ein Jubelschrei rutschte aus meinem Hals. »Mein Gott, Mama, ich war noch nie in meinem ganzen Leben so erleichtert wie jetzt!«

Frau Bondje übernahm den Hörer und erklärte meiner Mutter, wie sie zum Haus finden konnte. Ich fiel Jan in die Arme und wir tanzten durch die Küche wie zwei Betrunkene.

Schon von weitem hörte ich das Hupen.

»Sie kommen!«

Ich rannte in den Hof und fiel meinen Eltern in die Arme. Dann flitzte ich zum Auto und beugte mich über den Babysitz. Da lag er. Finn. Kerngesund. Unbeschädigt. Glücklich sabbernd. Er lachte mir entgegen wie ein unschuldiges Engelchen, das nicht wusste, dass es auch verrückte Entführer und gruftige Folterkeller gab.

Ein warmes Gefühl durchströmte mich. Und ich musste mir eingestehen, dass es wohl lupenreine Liebe war. Ich nahm Finn aus dem Sitz und drückte ihn an mich. Er jauchzte und fuhr mir mit seinen kleinen Händchen über das Gesicht, als wolle er sagen: Na endlich, Schwesterchen, wurde aber auch Zeit, dass du mir mal ordentlich Hallo sagst.

»Ja, du hast Recht«, flüsterte ich ihm zu. »Es wird höchste Zeit.«

Meine Eltern bedankten sich überschwänglich bei Frau Bondje.

Sie lachte. »Mit Ihrer Tochter und ihrem Freund ist nicht zu spaßen, wenn sie wütend sind. Sie sind die beiden mutigsten Kinder, die ich je kennen gelernt habe.« Dann wandte sie sich an uns. »Ihr seid ein tolles Team!«

Die wahre Kettensägenmörderin

Auf der Rückfahrt zum Ferienhaus war ich so glücklich wie noch nie in meinem Leben. Papa flötete *Don't worry, be happy.* Mama hatte ihre Hand auf seinen Oberschenkel gelegt und schaute glücklich zu uns in den Rückspiegel. Und ich saß zwischen meinem besten Freund und der Babybox mit meinem süßen kleinen Bruder. Das Leben konnte wunderbar sein.

»Wir sind ein tolles Team«, lachte Jan.

»Allerdings. Wie du mit dem Stock gedroht hast. *Lana, ich gebe dir Feuerschutz!*«

»Und wie du in den Müll auf dem Laster gefallen bist. Du hast immer noch ein bisschen Bananenschale im Haar.« Jan zupfte mir ein Stück braune Bananenschale aus dem Pony und warf es durch das offene Fenster.

Mama drehte sich grinsend zu uns um. »Ich sag es doch: Am liebsten macht sie sich dreckig.«

Ich krümmte mich vor Lachen. »Ich bin halt wild und eigensinnig!«

Zu Hause angekommen, konnte ich gar nicht mehr die Finger von Finn lassen. Ich hatte das Gefühl, ihn noch nie richtig angeguckt zu haben. Während

Mama und Papa das Abendessen zubereiteten, legten Jan und ich uns zu Finn auf das Lammfell. Ich schaute mir seine Füßchen an, mit Zehen, die so klein waren wie Erdnüsse. Wenn man Finn über den Bauch rieb, fing er an zu glucksen. Wenn man den Zeigefinger in seine kleine Hand legte, ballte er seine Winzlingsfinger zu einer Faust, die so knallhart zupackte, dass man ihn am Finger durch den Raum hätte tragen können. Seine Ohren waren ganz flaumig. Und er roch so gut.

»Wie Waffelteig«, sagte ich zu Jan.

»Nee, wie Gummibärchen.«

»Nee, viel besser. Und seine Augen sehen aus wie meine, oder?«

Jan schaute uns beide prüfend an. »Ja, stimmt.«

»Er ist ja auch mein Bruder«, sagte ich stolz. »Ich kann gar nicht mehr verstehen, wie ich auf dieses kleine Geschöpf so schrecklich böse sein konnte.«

»Du warst eifersüchtig.«

Gerne hörte ich das ja nicht, aber Jan hatte natürlich Recht.

»Ja, das war ich wohl. Ich sollte es besser wissen mit dreizehn Jahren, oder?«

Jan grinste.

Nach dem Essen half ich Mama dabei, Finn zu baden. Das machte höllisch Spaß. Finn schien Wasser genauso gerne zu mögen wie ich. Er strampelte wie wild mit seinen kleinen Beinchen herum.

»Basketballerbeine«, sagte ich.

Mama lächelte. »Die Entführung hat dir gut getan, was?«

Ich nickte. »Manchmal weiß man erst, wie lieb

man was hat, wenn man denkt, dass man es verloren hat.«

»Himmel, Lana. So viel Weisheit halte ich bei dir nicht aus«, lachte Mama und spritzte mich mit Wasser voll.

Ich spritzte zurück. »Du hast ja nur Angst, dass ich irgendwann weiser bin als du!«

Nach dem Bad legte ich Finn eine Windel um und stellte mich dabei gar nicht mal so ungeschickt an. Dann brachte ich ihn in sein Bettchen und deckte ihn zu.

»Schlaf gut. Ich hab dich sehr lieb.«

Als ich durch die Wohnzimmertür trat, sprang Jan, mit einem Schirm bewaffnet, hervor und erschreckte mich zu Tode.

»Geben Sie ihn zurück, Sie Hexe!«, machte er mich nach.

Ich warf eine imaginäre Kettensäge an und rannte Jan mit einem wahnsinnigen Killergesicht hinterher. Ich verfolgte ihn durch das ganze Haus und schließlich in den Garten. Vom Garten aus rannten wir auf die Straße.

»Ich bin die wahre Kettensägenmörderin!«, kreischte ich. »Ich zersäge dich in Stücke und koche einen Eintopf aus dir. Niederländische Jansuppe mit Curry und Kümmel!«

Als ich gerade die Arme hob, um meine »Kettensäge« niederfahren zu lassen, prallte ich gegen einen Widerstand. Ich war mit vollem Karacho gegen Simon gerannt, der plötzlich zusammen mit Silvie auf der Straße aufgetaucht war.

»Ups.« Diese Situation kam mir bekannt vor.

Simon schaute mich völlig konsterniert an. Silvie guckte mit demselben Unverständnis zu Jan.

Ich ließ die unsichtbare Kettensäge mit einem lautlosen Plumps auf den Boden sinken. »Oh, hallo. Ihr seid es. Ich hatte gar nicht mehr ...«

Ich hielt mitten im Satz inne. Ich hatte gar nicht mehr daran gedacht, dass es euch gibt, konnte ich unmöglich laut sagen. Immerhin stand vor mir Simon, mein Freund, den ich küsste. Aber nach all der Aufregung war ein kleiner Gedächtnisschwund ja wohl erlaubt.

Wir erzählten Simon und Silvie, was geschehen war.

»Das war so verrückt!«, ereiferte sich Jan. »Lana war total mutig.«

»Ach was«, erwiderte ich verlegen. »Du warst der Mutige.«

»Nein. Du.«

»Nein. Du.«

»Du.«

»Du.«

»Ist ja jetzt egal«, unterbrach uns Silvie genervt.

»Du bist wirklich hammerhart«, sagte Simon wenig erfreut, nachdem wir alle Einzelheiten berichtet hatten.

Oje. Den Spruch kannte ich nur zu gut. Wiederholte sich jetzt alles? Zusammenprall. Hammerhartsein. Für einen Moment war ich in Versuchung, mein Hammerhartsein mit einem zuckersüßen Kompliment wieder gutzumachen und irgendwas zu sagen wie: »Du wärst mit Sicherheit noch viel mutiger gewesen.« Aber nur für einen kleinen Moment. Denn dann erinnerte ich mich an etwas, das Jan in der gruseligsten Minute des Tages zu mir gesagt hatte: *Wenn wir das hier schaffen, haben wir für den Rest unseres Lebens vor nichts und niemandem mehr Angst.*

Verdammt! Jan hatte so Recht. Ich war auf ein fahrendes Auto gesprungen. Ich hatte mich einer Kettensäge gestellt. Ich hatte mein Leben riskiert. Wie konnte ich da Angst haben, dass Simon mich für hammerhart hielt? Das war doch absurd.

»Ja, ich bin hammerhart«, sagte ich Simon stolz mitten ins Gesicht.

Er war zu baff, um etwas zu erwidern. Wir setzten uns alle vier auf die Terrasse und sahen zu, wie langsam der Mond aufging.

Silvie kuschelte sich an Jan. »Du warst ja ganz schön heldenhaft.« Und um ihre Bewunderung zu unterstreichen, zog sie ihn an sich und küsste ihn lang und leidenschaftlich.

Ich schaute zu Simon rüber. Er machte keinerlei Anstalten, mich zu küssen. Ich war auch heldenhaft gewesen. Ich hatte auch ein bisschen Bewunderung verdient. Simon aber sah nicht stolz, sondern irgendwie beleidigt aus.

Mama kam auf die Terrasse und brachte uns etwas zu trinken. »Papa und ich haben überlegt, dass wir morgen ein kleines Fest veranstalten. Mit Grillen und ein bisschen Musik. Zur Feier der Rettungsaktion. Und weil es übermorgen schon wieder zurückgeht.«

Übermorgen? Ich hatte gar nicht darauf geachtet,

wie die Zeit vergangen war. In diesen Ferien war aber auch so schrecklich viel passiert, dass die Stunden wie Sekunden davongejagt waren.

»Tolle Idee, Mama«, jubelte ich.

»Simon, sag doch deinen Eltern Bescheid. Und Silvie, wenn du Lust hast, kannst du deine Familie auch mitbringen. Und Frau Bondje laden wir natürlich auch ein.«

»Klasse, Mama!«

Nachdem ich meine Limo ausgetrunken hatte, merkte ich, wie müde ich war. Der Tag war verdammt anstrengend gewesen.

Ich gähnte. »Es ist spät. Ich geh ins Bett.«

Simon rührte sich nicht. Wollte er mir nicht mal Gute Nacht sagen?

»Gute Nacht, Simon.«

Keine Reaktion.

Ich beugte mich zu ihm runter und gab ihm einen Kuss auf die Wange. »Gute Nacht«, sagte ich noch mal.

Endlich bemühte er sich, mir zu antworten. »Nacht.«

Ich war zu müde, um mich zu fragen, was mit ihm los war. Ich wollte nur noch schlafen.

Morgen war auch noch ein Tag. Und für heute hatte ich genug Herausforderungen angenommen.

Das war's dann wohl

Den ganzen Tag bereiteten wir alles für das Fest am Abend vor. Papa und Jan fuhren in die Stadt, um Holzkohle zu besorgen, Mama und ich schnippelten Salate und bereiteten Nachtisch zu. Dabei ließen wir laut das Radio laufen und amüsierten uns köstlich, weil Finn fast rhythmisch mit Sting, Queen und den Backstreetboys mitquietschte.

»Vielleicht wird er ja Popstar. Eine Profi-Basketballerin und ein Popstar. Dann kommst du aus dem Interviewgeben gar nicht mehr raus, Mama.«

Mama kicherte und schnappte sich einen Kochlöffel als Mikrofon. »Wissen Sie, ich sehe meine Kinder kaum. Aber wenn ich Sehnsucht nach ihnen habe, schalte ich einfach den Fernseher an. Auf irgendeinem Programm ist immer einer von ihnen zu sehen.«

Ich schnappte mir die Spülbürste und stellte mich vor Mama. »Und glauben Sie, Ihre Erziehung hatte maßgeblichen Einfluss auf die Erfolgsgeschichte Ihrer Kinder?«

»Aber sicher. Wissen Sie, ich bin nämlich die beste Mutter der Welt.«

Wir mussten lachen wie hysterische Hühner. Ich

war den ganzen Tag aufgekratzt und kicherig. Ein paarmal dachte ich an Simons beleidigtes Gesicht. Aber meine Laune ließ sich auch davon nicht verscheuchen.

»Willst du den Minirock anziehen?«, fragte Mama, als wir uns für den Abend umzogen.

Ich schüttelte den Kopf. »Nee, das ist mir zu kalt und auch zu unpraktisch.«

Ich zog meine Lieblingsjeans und mein gemütlichstes Kapuzen-Sweatshirt an.

Silvie kam mit ihren Eltern, die sich sehr freuten, uns alle kennen zu lernen.

Silvie stellte ihnen Jan vor. »Das ist mein Freund.«

Ihre Eltern schüttelten Jan die Hand und der Vater klopfte ihm kumpelhaft auf die Schulter. »Hallo, Sportsfreund.«

Himmel, dachte ich, als Nächstes fragt er nach, ob Jan seine Tochter denn auch ernähren kann, und dann plant Silvies Mama die Hochzeitstorte.

Ich verzog mich lieber zu Papa an den Grill.

»Wo bleibt denn dein Simon?«, fragte Papa.

»Keinen Schimmer. Wird schon kommen.«

Aber zuerst einmal kam Frau Bondje. Wir freuten uns riesig, sie zu sehen. Wie um alles in der Welt hatte ich diese nette Frau für eine Hexe und eine Kettensägenmörderin halten können?

Frau Bondje überreichte Jan und mir einen Umschlag. »Da ist eine Geschichte für euch drin.«

»Sie haben extra für uns eine Geschichte geschrieben?«, fragte ich ungläubig.

Frau Bondje lachte. »Ja, ihr habt mich inspiriert.«

Ich wollte den Umschlag aufreißen. »Ich lese sie gleich mal vor!«

Frau Bondje hielt mich zurück. »Das lest ihr beiden besser mal in einer stillen Stunde, wenn ihr wieder zu Hause seid.«

»Okay, wenn Sie meinen.«

Frau Bondje zwinkerte uns zu und nickte.

Die Schneiders kamen als Letzte. Simons Gesicht war immer noch so verschlossen wie am Abend zuvor.

»Hi.«

»Hi.«

Er machte keinerlei Anstalten, mir einen Begrüßungskuss zu geben. Und ich hatte keine Lust, mir wieder eine Abfuhr wie gestern abzuholen, und unternahm auch keinen Versuch.

Wir gingen uns einfach aus dem Weg. Ich schnappte mir ein Würstchen vom Grill und biss hinein.

»Nicht, dass du mich wieder bombardierst!«, rief Mama gespielt ängstlich in meine Richtung und ging hinter einem Gartenstuhl in Deckung.

Ich musste lachen. Alle mussten lachen. Nur Simon verzog keine Miene.

Nach dem Essen legte Papa seine Barry-White-CD ein und begann zu tanzen. Er forderte Mama und Frau Bondje gleichzeitig auf. Silvie zog Jan vom Stuhl und wirbelte mit ihm im Takt. Die Schneiders ließen sich auch nicht lumpen und Silvies Eltern schlossen sich schließlich auch an. Alle tanzten. Nur Simon und ich saßen wie die Ölgötzen auf unseren Plätzen.

Verdammt, Lana, dachte ich mir, lass dich von seiner Grabeslaune nicht so runterziehen. Wenn er nicht mit dir tanzen will, dann tanze halt alleine. Ich versuchte mir ins Gedächtnis zu rufen, was Silvie mir über das Tanzen beigebracht hatte. Wie war das noch? Kopf schütteln? Hüfte kreisen? Schon beim Gedanken an die komplizierte Choreografie überkam mich ein Ekelgefühl.

Ich sprang auf, mischte mich unter die Tänzer und schloss einfach die Augen. Mal gucken, was passiert, wenn ich mein Gehirn ausschalte, dachte ich. Und dann ging alles ganz von allein. Der Rhythmus schlüpfte durch meine Ohren geradewegs in meine Beine. Meine Beine bewegten sich und riefen meinen Armen zu: Macht doch mit! Meine Arme ließen sich nicht lange bitten und innerhalb von ein paar Sekunden hatte sich die Nachricht in meinem Körper rumgesprochen. Alle zur Verfügung stehenden Muskeln tanzten. Ich hatte nicht die geringste Vorstellung, wie dieses Spektakel wohl von außen aussah. Aber es war mir auch völlig egal, denn es machte einen Höllenspaß. Es machte so viel Spaß, dass ich Simons Sieben-Tage-Regenwetter-Gesicht ganz vergaß. Ich tanzte auf ihn zu, fuchtelte ihm wie eine Orientschönheit vor der Nase herum und versuchte ihn zum Aufstehen zu bewegen.

»Komm doch. Das macht Spaß!«

»Keine Lust.«

»Wieso denn nicht?«

»Wieso nicht? Darum nicht. Erst kümmerst du dich die ganze Zeit nicht um mich und jetzt soll ich mit dir tanzen.«

»Wer kümmert sich denn hier nicht um wen? Du

bist doch die beleidigte Leberwurst. Du wolltest mir nicht mal Gute Nacht sagen gestern. Du ...«

Simon ging einfach mitten im Gespräch zum Grill und stapelte sich Würstchen auf seinen Teller. Das war ja wohl das Allerletzte.

Ich stampfte zu ihm rüber, nahm ihm den Teller aus der Hand und musste mich zusammenreißen, ihm nicht jedes Würstchen einzeln an den Kopf zu pfeffern. »Ich würde mal gerne wissen, was ich dir eigentlich getan habe!«

Simon schaute mich wütend an und riss mir den Teller wieder aus der Hand. »Du bist total komisch seit gestern«, raunzte er.

Ich schnappte mir den Teller so heftig zurück, dass die Hälfte aller Würstchen auf dem Boden landete. »Ich bin komisch?«

Als Simon den Teller wieder in seine Gewalt brachte, fielen auch noch die restlichen Würstchen runter.

»Na, toll. Das hast du ja gut hingekriegt!«, schrie er mich an.

Ich seufzte. Was war nur los? Wieso um alles in der Welt bekamen wir uns so in die Haare? Ich hatte keine Lust, dass alle unseren Streit mitbekamen.

»Komm, wir machen einen kleinen Spaziergang. Wir müssen reden«, sagte ich und zog Simon einfach hinter mir her.

Auf der Straße war es plötzlich sehr still. Ganz leise hörte man Fetzen von Musik und die ausgelassenen Stimmen.

»Simon, was ist denn nur ...«, setzte ich an, kam aber nicht dazu, meinen Satz zu beenden.

»Hi.«

Plötzlich standen Piet und Florian vor uns. Und plötzlich konnte Simon seine Mundwinkel wieder verziehen und grinste erfreut.

»Hi.«

»Wir reisen morgen ab«, sagte Piet.

»Ich auch«, antwortete Simon. »Wir können doch Adressen austauschen. Dann kann man sich mal besuchen.«

»Gute Idee«, antwortete Piet und kramte einen Zettel hervor.

Florian zog einen Stift aus der Hosentasche. Dann machten sich die drei daran, ihre Adressen aufzuschreiben.

Ich beobachtete die Szene wie eine Zuschauerin in einem Theaterstück. Wie konnte Simon Adressen mit diesen beiden defekten Parkuhren austauschen? Wie konnte er sie sympathisch finden? Wie konnte mein Freund Freundschaft mit diesen Idioten schließen? Mit einem Mal wurde mir alles klarer als glasklar.

»Macht's gut!« Simon winkte Piet und Florian hinterher. »Die sind echt nett«, sagte er, als die beiden außer Sichtweite waren.

»Finde ich nicht«, sagte ich.

Sofort zog Simon wieder ein Gesicht.

»Simon, weißt du, was unser Problem ist?«

Eigentlich hatte ich die Frage nur als Einleitung zu einer Erklärung gedacht, aber Simon schien eine eigene Vorstellung davon zu haben, was unser Problem war.

»Mit dir stimmt was nicht«, sagte er aufgebracht.

»Das ist das Problem. Einen Tag bist du so und am nächsten wieder ganz anders. Ich weiß gar nicht, was ich von dir halten soll.«

Er war wirklich verwirrt. Ich musste grinsen. »Weißt du was, du hast Recht. Es ist kein Wunder, dass du nicht weißt, woran du bei mir bist. Ich hab mich wirklich komisch benommen.«

Simons Gesicht hellte sich auf. »So wie du gestern und heute warst, bist du echt ätzend.«

»So wie ich gestern und heute war, bin ich wirklich. Ich bin so, wie du mich am Anfang kennen gelernt hast. 'ne ziemlich wilde Hilde.« Ich kicherte. Aber Simon schien das nicht komisch zu finden. »Wir passen nicht zusammen«, fügte ich hinzu und musste an mich halten, um nicht laut loszugackern. »Wir passen so wenig zusammen wie die Hobbits und die Orks. So wenig wie Heino und Britney Spears. So wenig wie ...« Mir fielen haufenweise Vergleiche ein und ich hätte mich so richtig in Rage geredet, wenn Simon mich gelassen hätte.

»Hör zu«, unterbrach er mich. »Ich mach Schluss mit dir.«

Ich war baff. Ich war doch gerade dabei gewesen, Schluss zu machen. Ich gab mir doch gerade die größte Mühe, ihm in blumigen Farben zu erklären, warum wir nicht zusammenpassten. Seine Holzhammermethode verschlug mir für einen Moment die Sprache.

»Genau«, sagte ich dann. »Wir machen Schluss.«

Das war's, dachte ich. So schnell geht das. Ich checkte kurz mein Innenleben und prüfte, ob es irgendwo zwickte oder brannte. Aber nichts tat weh.

Mein Herz klopfte ruhig vor sich hin. In meinem Bauch ging alles seinen gewohnten Gang. Meine Kehle war kein bisschen zugeschnürt. Mir ging es einwandfrei gut.

»Schön. Na dann ...«, meinte ich erleichtert.

Ich hatte sagen wollen, dass wir ja jetzt, wo alles geklärt war, in Ruhe weiterfeiern konnten. Aber Simon hörte mir nicht mehr zu. Er drehte sich um und ging schnurstracks in den Garten zurück. Ich hatte Mühe hinterherzukommen.

Den Rest der Party genoss ich in vollen Zügen. Jetzt, wo wir nicht mehr zusammen waren, kümmerten mich Simons heruntergezogene Mundwinkel nicht mehr. Für die heruntergezogenen Mundwinkel von Exfreunden, die auch noch selbst Schluss gemacht hatten, war ich nun wirklich nicht zuständig.

Ich quatschte lange mit Frau Bondje und berichtete ihr in den schillerndsten Farben, was für schreckliche Phantasien ich in Bezug auf sie gehabt hatte. Sie lachte sich kringelig.

Als sie sich verabschiedete, versprachen wir uns gegenseitig, in Briefkontakt zu bleiben.

»Du berichtest mir, was du erlebst, und ich schreibe Geschichten darüber«, sagte sie freudig.

»Abgemacht.«

Kurz drauf rief Herr Schneider zum Aufbruch. Ich hatte die ganze Fete über nicht mehr mit Simon gesprochen. Auf meine Versuche, ihn aufmunternd anzulächeln, hatte er nicht reagiert. Offenbar fand er, Schlussmachen bedeutete, dass man sich ignorieren musste.

Jetzt standen wir uns an der Tür gegenüber. Wie absurd, wenn wir uns nicht mal mehr verabschieden, dachte ich. Immerhin haben wir uns ziemlich oft ziemlich inniglich geküsst. Da können wir doch nicht plötzlich so tun, als wären wir zwei Fremde.

»Na dann«, sagte ich freundlich. »Ich wünsch dir eine gute Heimfahrt.«

Simon schaute auf seine Füße. »Hm. Dir auch«, brummte er.

Ich musste unbedingt was Nettes sagen. Irgendwie wollte ich einen guten Abschluss finden.

»Aber küssen kannst du wirklich gut«, sagte ich.

Simon hob den Kopf und grinste schief. Bingo, dachte ich. Mit Komplimenten hab ich ihn noch immer rumgekriegt.

»Du aber auch«, sagte er, drehte sich um und verschwand.

Das war's dann wohl, dachte ich, zuckte die Schultern und ging ins Bett.

Das kann nicht wahr sein!

Am nächsten Morgen kamen wir nur schwer aus den Betten. Während Mama und Papa das Auto voll packten, schnappten Jan und ich uns ein letztes Mal die Schwimmsachen und liefen zum Strand.

»Rituelles Meer-Verabschieden!«, kreischte ich.

»Du hast doch nichts dagegen, dass ich das jetzt auch zu meinem Ritual mache, oder?«, brüllte Jan zurück.

»Nicht die Bohne! Wenn einer meine Rituale klauen darf, dann du!«

Wir knieten uns vor dem Meer in den Sand und schmissen die Arme in die Luft wie zwei muslimische Vorbeter. Dann neigten wir unsere Köpfe und Oberkörper.

»Meer, ich danke dir, dass es dich gibt!«

»Trockne bitte nicht aus, bis wir das nächste Mal wieder kommen.«

»Bleib immer so salzig.«

»Und nass.«

Wir kringelten uns vor Lachen und schlüpften aus den Shorts.

»Kommt Simon zum Verabschieden noch mal her?«, wollte Jan wissen.

Ich hatte weder ihm noch Mama und Papa bisher erzählt, was gestern Abend zwischen Simon und mir vorgefallen war. Sie hatten sich zwar gewundert, dass Simon und ich uns den ganzen Abend aus dem Weg gegangen waren, hatten sich aber mit meiner Erklärung zufrieden gegeben. »Simon ist schlecht«, hatte ich gesagt. »Zu viele Würstchen.«

Ich hatte einfach keine Lust gehabt, mich den ganzen Fragen zu stellen: Bist du denn gar nicht traurig? Du warst doch so verrückt nach ihm und jetzt tust du so, als wäre alles paletti?

Wie sollte ich erklären, dass die Sache zwischen Simon und mir mehr oder weniger ein ... Versehen gewesen war? So was wie ein Irrtum.

Ich sah Jan an und schüttelte den Kopf. »Nee. Er kommt nicht.«

»Kommt er zum Haus?«

Ich schüttelte erneut den Kopf. »Er kommt gar nicht.«

»Wieso nicht?«

Ich seufzte. Es hatte keinen Zweck, die Sache länger für mich zu behalten. Früher oder später musste ich ja doch damit rausrücken. »Wir haben gestern Schluss gemacht.«

Jan schwieg einen Moment und runzelte die Stirn, dann zuckte er die Schultern. »War die ganze Sache so was wie ein Irrtum?«

Ich nickte verdattert. Woher wusste er das?

»Weißt du, ich glaube, ich stehe eigentlich auf 'ne ganz andere Sorte Jungs«, sagte ich.

»Auf welche Sorte stehst du denn?«

Ich holte tief Luft. Tja. Auf welche Sorte stand ich

eigentlich? So genau hatte ich mir darüber noch keine Gedanken gemacht. Ich wusste jetzt, auf welche Sorte ich nicht stand. Und zwar auf Jungs, die immer nur langweilige Geschichten erzählten und für die ein Mädchen sich wie ein dressierter Königspudel benehmen musste. Die Sorte, die keinen Humor hatte und nicht mal ein bisschen verrückt sein konnte.

»Hm. Ich glaub, ich steh auf jemanden, mit dem ich Abenteuer bestehen kann, mit dem ich mich auf dem Boden wälzen kann vor Lachen. Einen, dem es genauso viel Spaß macht, sich danebenzubenehmen, wie mir. Halt einen, der nicht so anstrengend ist und nicht langweilig. Der Phantasie hat. Aber finde so einen mal.« Ich schaute Jan schulterzuckend an.

»Huhu, ich bin daaa!«

Silvie kam über den Sand gehetzt und winkte aus Leibeskräften. Sie flog Jan in die Arme und machte einen Heidenlärm.

Ich kam mir mit einem Mal schrecklich überflüssig vor. Das lag bestimmt daran, dass wir bisher Pärchenurlaub gemacht hatten und ich jetzt kein Pärchenteil mehr war.

Ich drehte mich einfach weg. Schließlich war ich hier, um dem Meer auf Wiedersehen zu sagen. Und zu einer ordentlichen Verabschiedung gehörte auch ein Bad.

Ich stürzte mich in die Wellen und ließ mich ein letztes Mal von dem kühlen Wasser erfrischen. Genießen! Verabschieden! Genießen! Verabschieden!, dachte ich angestrengt. Aber an Genießen war gar nicht zu denken. Mein Herz bollerte wie verrückt in meiner Brust.

Hatte ich einen Kreislaufkollaps? War das Wasser zu kalt? Und was war mit meinem Hals? Wieso um alles in der Welt drehte er sich von ganz alleine immer wieder zum Ufer? War er vor lauter Kopf-schief-Legen ausgeleiert? Und meine Augen? Wieso konnten sie es nicht lassen, immer wieder zu Jan und Silvie hinüberzuschauen?

Ich glaub, ich steh auf jemanden, mit dem ich Abenteuer bestehen kann, mit dem ich mich auf dem Boden wälzen kann vor Lachen. Einen, dem es genauso viel Spaß macht, sich danebenzubenehmen, wie mir. Halt einen, der nicht so anstrengend ist und nicht langweilig. Der Phantasie hat. Aber finde so einen mal.

Ach du liebe Güte. Ach duuu liiiebe Güüüte! Das konnte nicht wahr sein!!! Das konnte nur ein Herzfehler sein! Das war doch absoluter Irrsinn!

Ich schaute wie gebannt zum Strand, wo Silvie und Jan sich küssten. Was war das? Ich rieb mir die Augen. Hatte ich Halluzinationen? Statt Silvie sah ich ein anderes Mädchen in Jans Armen. Oh Gott! Dieses andere Mädchen war ich!

Ich tauchte schnell unter. Konnte man Halluzinationen rausspülen? Vielleicht half es ja, den Kopf zu kühlen? Vielleicht sollte ich einfach mal die Luft anhalten. Ich musste mich unbedingt wieder in den Griff kriegen.

Ich blieb unter Wasser und lauschte auf die Stille. Alles in Ordnung, redete ich mir ein. Wenn du auftauchst, ist alles wieder wie vorher.

Plötzlich riss etwas an meinen Haaren. Und ehe

ich mich versah, war ich aus der stillen Unterwasserwelt an die Oberfläche gezerrt worden.

»Lana! Bist du wahnsinnig?« Jans Gesicht war total erschrocken. »Ich dachte, du wärst ertrunken.«

Ich war viel zu verdattert, um irgendwas zu antworten. Jan hielt mich immer noch am Arm fest. Und ich spürte seine Hand so deutlich, als wäre sie glühend heiß.

»Alles in Ordnung«, sagte ich schnell, machte mich los und schwamm ans Ufer zurück.

Ich raffte meine Sachen zusammen und raste Richtung Dünen. Nichts war in Ordnung. Wieso hatte er mich nur aus dem Wasser gezogen? Ich hätte länger unten bleiben müssen, dann wäre sicher alles wieder gut gewesen.

Ich trat mit dem Fuß so fest vor den Strandpavillon, dass es schrecklich wehtat. Aber das war mir egal. Ich trat immer wieder zu. Nein! Nein! Nein!, dachte ich immer wieder. Das kann nur ein dämlicher Irrtum sein.

»Hör sofort damit auf! Das ist Sachbeschädigung!« Mit einem wütenden Satz sprang der Eisverkäufer auf mich zu.

»Kann es sein, dass man etwas nicht findet, nur weil es zu nah vor der eigenen Nase rumturnt?«, fragte ich ihn mit verzweifelt hochgezogenen Augenbrauen.

Der Eisverkäufer schaute mich verwirrt an, klappte den Mund auf und wieder zu, ohne etwas zu antworten.

Kampf der Killerhormone

Ich stapfte die Dünen hoch. In meinem Kopf ratterte es. An allem waren diese dämlichen Rituale schuld. Als ich dem Meer Hallo gesagt hatte, hatte ich mich in Simon verliebt, und heute beim Auf-Wiedersehen-Sagen hatte ich mich ... Nein, das hatte ich nicht! Nein! Nein! Nein! Aber wieso hatte ich mich all die Jahre zuvor nie bei meinen Ritualen verliebt?

Langsam dämmerte es mir. An allem waren diese Hormone schuld. Hormone waren etwas verdammt Gefährliches. Seit diese Hormone meinen Körper erobert hatten, passierte mir ein Irrtum nach dem anderen. Kaum hatte ich den einen Irrtum entlarvt, passierte mir der nächste.

Aber diesmal würde ich diesen Hormonen einen Riegel vorschieben. Ich würde mir ein Verliebungsverbot erteilen. Oh ja, ich musste zu harten Mitteln greifen. Diese Hormone waren unberechenbar. Ich musste mich vor ihnen schützen. Ich würde ihnen Einhalt gebieten!

Als ich zurückkam, belud Papa gerade das Auto. Er hatte eine Kassette seines liebsten Deutschrockers ins Autoradio gesteckt und sang lauthals mit, während er verzweifelt versuchte, alle Koffer und Taschen und die Tüten mit Muscheln in den überquellenden Wagen zu stopfen.

»*Tausend Mal berührt. Tausend Mal ist nichts passiert. Tausendundeine Nacht und es hat zoom gemacht …*«

Hatten sich meine Hormone jetzt mit den ollen Kassetten von Papa verschworen?

»Dein Klaus Lage ist völlig bescheuert, Papa«, schimpfte ich. »Wie kannst du nur so einen Mist hören?«

Papas Kiefer klappte runter. »Ich finde den gut«, sagte er schulterzuckend.

Ich spulte das Lied zurück. Mit jeder Zeile wurde ich wütender. »Als ob man sich nach so langer Zeit plötzlich verlieben würde. In den besten Kumpel. Das ist doch total bescheuert.«

Während ich ein zweites Mal zurückspulte, kamen Jan und Silvie auf uns zugeschlendert.

»Na, ihr zwei. Fällt euch der Abschied schwer?«, fragte Papa.

»Oh ja«, antwortete Silvie seufzend.

»Klar«, sagte Jan.

Mama kam mit Finn auf dem Arm zum Auto. »Alles fertig. Es kann losgehen.«

»Also, Lana. Dann mal tschüs.« Silvie streckte mir die Hand entgegen und ich musste sie wohl oder übel drücken.

»Tschüs«, sagte ich trocken.

Außer dass du Tampons benutzt, finde ich dich alles in allem ziemlich bescheuert, dachte ich. Ich biss mir auf die Zunge, um es nicht laut auszusprechen.

»Wir sehen uns ja sicher noch öfter, wenn ich Jan besuche«, flötete sie.

Ich musste meine Hand festhalten, die ihr sonst sicher einen Kinnhaken verpasst hätte.

Verstohlen schaute ich durchs Rückfenster. Silvie setzte gerade zum Abschiedskuss an. Ich krallte meine Fingernägel in den Autositz. Das war nicht mit anzusehen!

Mich fragte ja keiner, aber wenn es jemand getan hätte, hätte ich gesagt: Das mit Jan und Silvie kann nur ein Irrtum sein.

Die Autofahrt kam mir schrecklich lang vor. Die ganze Zeit versuchte ich möglichst entspannt zu wirken, während in meinem Inneren der Kampf der Giganten abging. Die Armee der Killerhormone auf dem Irrtumsfeldzug gegen Alleinkämpferin Lana.

Und dann wollte mich Mama auch noch in ein Gespräch verwickeln.

»Bist du traurig wegen Simon?«

»Ja, doch!«, sagte ich.

Es war gar nicht schlecht, wenn sie dachte, ich wäre vom Abschiedsschmerz gezeichnet. Immer noch besser, als wenn sie wieder in mir lesen würde wie in einem offenen Buch. Ein offenes, ziemlich bescheuertes Buch mit dem absurden Titel: *Ich bin in meinen besten Kumpel verliebt.* Untertitel: *Ich bin komplett durchgeknallt.*

Mamas hellseherische Fähigkeiten schienen heute nicht in Hochform zu sein. Gott sei Dank.

»Ihr könnt euch doch schreiben und besuchen«, meinte sie.

»Mama, ich will nicht darüber reden.«

»Ist gut, Herzchen.«

In dem Moment drehte Jan sich zu mir um und grinste.

Ach du lieber Himmel, ich hatte all die Jahre nie gesehen, dass in Jans Gesicht Lippen waren. Ich hatte sie wahrscheinlich schon gesehen, aber irgendwie nur für unwichtige Ränder am Mund gehalten, die sich beim Sprechen, Kauen und Lachen bewegten. Dass sie schrecklich weich und verführerisch aussahen, wäre mir dabei nie in den Sinn gekommen. Und dass sie in mir das Bedürfnis auslösen könnten, mit dem kleinen Finger sanft darüber zu streichen, wäre mir völlig irrsinnig erschienen.

Ich merkte, wie mein kleiner Finger sich in Richtung Jans Lippen bewegen wollte, schnappte ihn kurzerhand mit der anderen Hand und hielt ihn fest.

»Gehen wir morgen Basketball spielen?«, wollten Jans Lippen wissen.

Musste er mich unbedingt jetzt etwas fragen, wo ich meine ganze Konzentration dafür benötigte, meinen Finger im Zaum zu halten? Konnte er nicht bis nächste Woche warten, wenn ich diese dämlichen Hormone wieder im Griff hatte? Wenn alles wieder war wie früher?

»Lana an Erde. Hast du Lust?«, fragte Jan ungeduldig.

»Das weiß ich doch jetzt noch nicht«, krächzte ich zurück, drehte mich schnell weg und starrte aus dem Fenster.

Doch nach wenigen Sekunden schnellte mein

Kopf wieder zurück in Jans Richtung. Wieso waren an seinem Nacken plötzlich diese feinen blonden Härchen auf der braunen Haut? Und wieso sah das Lederband um diesen Nacken so verdammt gut aus zu den blonden Härchen und der braunen Haut?

Mit einem Satz setzte ich mich auf meine Hände. So hatte ich sämtliche Finger auf einmal unter Kontrolle.

Für den Rest der Autofahrt untersagte ich es mir, auf Jans Nacken zu gucken. Überhaupt blickte ich nicht mehr nach vorne, sondern nur noch seitlich aus dem Fenster, bis wir es nach einem quälenden Stau bei Aachen nach fünf Stunden endlich geschafft hatten.

Papa hielt den Wagen vor Jans Haus. Meine Hände waren unter meinem Po völlig eingeschlafen und kribbelten jetzt wie verrückt. Ich musste sie wild schütteln, um sie wieder zu beleben.

»Das war ein toller Urlaub«, sagte Jan zu Mama und Papa. »Noch mal tausend Dank, dass ich mitdurfte.«

Wäre er mal lieber zu Oma und ihren Zierkissen gefahren, dachte ich unwillkürlich. Dann wäre ich jetzt nicht in diesem blöden Dilemma. Dieser Urlaub hatte einfach alles durcheinander gebracht.

»Tschüs, Lana. Ich ruf morgen an, ja?«

»Hm.« Ich bekam keinen Ton raus.

Jan ließ sich aber nicht irritieren. Ohne Vorwarnung schnappte er mich ungefragt und drückte mich fest an sich.

Ich wühlte in Papas Kassetten und fand das Klaus-Lage-Lied.

»Ich will nicht gestört werden!«, rief ich in die Küche.

Ich schloss meine Zimmertür ab. Endlich allein. Endlich in meinen vertrauten vier Wänden. Endlich keiner mehr um mich herum, vor dem ich mein Hormonchaos verstecken musste.

Ich hockte mich auf den Boden, legte die Kassette ein und zog die Kopfhörer auf.

»Tausend Mal berührt. Tausend Mal ist nichts passiert.«

Dieser Klaus Lage ist wirklich jenseits von gut und böse!, dachte ich, während ich immer wieder zurückspulte, um den Text mitzuschreiben.

Nach eineinhalb Stunden konnte ich den Song auswendig und mir knurrte der Magen.

Ich ging in die Küche, wo Mama gerade die Fernsehzeitung durchblätterte.

»Heute Abend kommt *Die Hochzeit meines besten Freundes*«, sagte sie erfreut.

»So ein Scheiß«, fauchte ich.

»Wieso denn das?«, wollte Mama wissen.

»Na, ich bitte dich. Da ist Julia Roberts seit Jahren mit einem Typ befreundet und merkt nix. Und als der Typ 'ne andere heiraten will, merkt sie plötzlich, dass ihr das nicht passt. Das ist doch Mist.«

Mama grinste. »Ich finde das romantisch.«

Himmel, dachte ich. Vielleicht gab es ja in unserer Familie ein kaputtes Gen. Papa hörte Klaus Lage, Mama stand auf *Die Hochzeit meines besten Freundes* und ich ...!

»In Wirklichkeit passiert so was nie!«, sagte ich.

Papa kam in die Küche. Er hatte unser Gespräch offensichtlich aus der Diele mit angehört.

»Doch, doch«, sagte er. »So was passiert ständig. Meine Kollegin Frau Helmer zum Beispiel. Hat sich jahrelang bei ihrem Sandkastenfreund ausgeheult, weil sie immer auf die falschen Männer reinfiel. Und was denkt ihr, was passiert ist? Eines Tages hat er sie mal etwas anders getröstet. Ihr wisst schon. Und nun wollen sie heiraten.«

»Ja. Das gibt es oft«, stimmte Mama zu. »Tante Ludo und Onkel Bert zum Beispiel. Beste Freunde. Frau Sommer aus dem Blumenladen und ihr Mann. Jahrelang die besten Freunde. Hans Zimmer und …«

Ich hörte nicht mehr hin. War das möglich? Konnte es sein, dass meine Hormone gar nicht verrückt spielten? Ich grübelte. Würde eine Plattenfirma ein Lied veröffentlichen, wenn es absoluter Unfug war? Wohl kaum. Würde Hollywood einen Film mit Julia Roberts drehen, der keinen Funken Sinn machte? Wohl kaum. Tante Ludo und Onkel Bert waren ziemlich in Ordnung. Sie würden doch nichts komplett Hirnrissiges machen. Wohl kaum.

Mit einem Mal ging es mir schon viel besser. Mama und Papa waren immer noch eifrig dabei, sich gegenseitig von Pärchen zu erzählen, die ehemals beste Freunde gewesen waren. Ich schlenderte in Finns Zimmer. Er lag vergnügt in seinem Bettchen und schaute mich erwartungsvoll an.

»Bruderherz«, flüsterte ich und beugte mich über ihn. »Was soll ich jetzt bloß tun?«

Finn gab einen quiekenden Laut von sich.

»Du meinst, ich soll aufhören zu grübeln?«

Finn hob die Ärmchen hoch und veranstaltete so was wie Schattenboxen.

»Du meinst, ich soll kämpfen?«

Finn schlug sich selbst mit den Patschehändchen auf die Nase.

»Du meinst, ich soll Silvie aus dem Rennen schlagen? Konkurrenz belebt das Geschäft, oder was?«

Finn strampelte wie wild mit den Beinchen.

»Du meinst, ich soll keine Sekunde länger warten und loslaufen?«

Finn krähte wie ein wild gewordener Hahn.

»Das war ein Befehl? Okay. Ich bin ja schon weg.« Ich drückte Finn ein dickes Küsschen auf die Wange. »Weißt du was? Es ist ganz schön klasse, einen Bruder zu haben, den man um Rat fragen kann. Ich revanchiere mich, wenn du mal in der Pubertät bist.«

Knall! Peng! Zoom!

»Ist Jan da?«

Jans Mama schüttelte den Kopf. »Er ist mit dem Rad unterwegs. Er wollte zu dir.«

»Komisch. Dann hätten wir uns eigentlich begegnen müssen.«

Jans Mama zuckte die Schultern. »Er wollte vorher noch irgendwas besorgen.«

»Danke. Bis bald. Tschüs.«

Ich schmiss mich in die Pedale und radelte wieder nach Hause zurück. Ich fuhr gerade über die Kreuzung der Hauptstraße, als ich ein rotes Mountainbike um die Ecke biegen sah.

»Jan!«

Er hörte mich nicht. Ich strampelte wie wild, um ihn einzuholen. Er hatte etwas in der Hand. Und als ich näher herankam, sah ich, dass es ein Blumenstrauß war.

»Jan!«

Wieso hörte er mich nicht? Ich legte noch einen Zahn zu und schaffte es, ganz nah heranzufahren. Jetzt konnte ich auch sehen, warum er mich nicht hörte. Er hatte Stöpsel in den Ohren und seinen Walkman in der Hosentasche.

Ich brachte mich auf eine Höhe mit ihm und streckte den Arm aus, um ihm auf die Schulter zu klopfen. Böser Fehler! Unsere Räder verfingen sich für den Bruchteil einer Sekunde.

Wir verloren beide die Kontrolle. Wie in Zeitlupe sah ich die Katastrophe auf uns zukommen. Jan war zu Tode erschrocken. Für ihn kam das Ganze ja wie aus dem Nichts. Mit aufgerissenen Augen drehte er sich zu mir um, bevor er das Gleichgewicht verlor und wild mit den Armen rudernd vom Rad flog.

Im selben Augenblick hatte auch ich das Gefühl, den Boden unter den Füßen weggerissen zu bekommen. Mit einem Satz krachte mein Rad gegen den Bordstein und ich segelte im hohen Bogen durch die Luft.

Das war's, Lana, schoss es mir durch den Kopf. Jetzt wirst du ihm nicht mehr sagen können, dass es zoom gemacht hat, weil es peng machen wird. Ich wunderte mich noch, wie viel und klar man denken konnte während so eines Fluges, als ich überraschend weich landete.

War das jetzt schon eine Wolke? Aber als ich den Kopf drehte, sah ich, dass ich auf Jan gelandet war.

»Auuu!«, stöhnte er unter meiner Last.

Ich checkte schnell, ob mir noch sämtliche Beine und Arme gehorchten, stellte fest, dass alles tadellos funktionierte, und rollte mich schnell von Jan runter.

»Jan, alles okay?«

»Du wiegst bestimmt drei Tonnen«, stöhnte er.

»Tut dir was weh?«

Jan tastete sich den Bauch ab. »Nicht so wild. Nur 'ne Leberquetschung, ein Darmriss und ein kaputtes Herz«, sagte er todernst. »Und du? Alles in Ordnung?«

»Ja ja. Nur ein doppelter Beckenbruch, 'ne offene Fraktur am Bein und 'ne heftige Amnesie.«

Wir unterdrückten beide ein Kichern, rollten uns zueinander und schauten uns gespielt verwirrt an.

»Eine Amnesie hab ich, glaube ich, auch. Wer bin ich? Wer bist du?«, faselte Jan.

In dem Moment hielt ein Wagen mit quietschenden Reifen. Eine junge Frau sprang aus dem Auto und lief auf uns zu.

»Um Gottes willen! Ist alles in Ordnung?«

»Wir haben eine Amnesie«, sagte ich ernst.

»Wie bitte?«

»Gedächtnisverlust«, erklärte Jan geduldig. »Noch nie *Emergency Room* geguckt?«

Er stand auf und half auch mir auf die Beine. Erst jetzt überblickten wir die Lage. Unsere Räder lagen ziemlich demoliert im Rinnstein. Wir selbst waren in einem Vorgarten gelandet, mitten auf einem Haufen frisch gemähtem Gras.

Die Frau schaute uns von oben bis unten an. »Braucht ihr einen Krankenwagen?«

Jan schüttelte den Kopf. »Alles in Ordnung.«

»Soll ich euch irgendwo hinfahren?«

Ich schüttelte den Kopf. »Wir müssen uns erst mal erinnern, wo wir überhaupt wohnen.«

Für einen Moment war die Frau unsicher, ob wir nicht vielleicht doch eine heftige Gehirnerschütterung hatten.

»War nur Spaß«, sagte Jan deshalb schnell.

Kopfschüttelnd setzte sich die Frau wieder in ihren Wagen und fuhr weg.

»Von wegen Spaß«, sagte ich. »Oder weißt du vielleicht, wer ich bin?«

Jan schaute mich angestrengt an. »Nein, ich hab dich noch nie gesehen. Weißt du was über mich?«

»Nee. Nicht die Bohne.« Ich zupfte Jan das Gras vom Kopf.

»Tja«, sagte Jan nachdenklich. »Weiß der Kuckuck, ob wir in der Vergangenheit irgendwas miteinander zu tun hatten.«

»Ja, aber weißt du was: Zusammenstöße sind immer Schicksal. Daran erinnere ich mich.«

»Hm. Es scheint, als bliebe uns nichts anderes übrig, als Stück für Stück herauszufinden, wer wir sind.«

»Ja. Ich glaube, ich bin ein Mädchen. So viel steht fest.«

Wir mussten lachen. Jan und ich hoben unsere Räder auf. Mitten auf der Straße lag ein trauriger Haufen Grünzeug. Platt gefahren.

Jan kratzte ihn vom Boden ab. »Das war mal ein Blumenstrauß. Für dich. Jetzt ist er tot.«

»Womit hatte ich denn Blumen verdient?«

»Wenn ich das noch wüsste.« Jan kratzte sich am Kopf.

»Eigentlich wäre ein Gedächtnisverlust gar nicht so übel«, sagte ich nachdenklich.

Jan sah mich fragend an.

»Na ja«, druckste ich. »Dann würdest du vielleicht Silvie vergessen.«

Jan schaute mich an, als hätte ich chinesisch gesprochen. »Silvie? Silvie? Ich kann mich beim besten Willen an keine Silvie erinnern.«

»Schön wär's.« Mir war gar nicht mehr zum Witzeln zu Mute. »Dann würdest du dich vielleicht auch nicht mehr daran erinnern, dass ich dein bester Kumpel bin.«

Jan schaute mich mit großen Augen an. »Wie meinst du das?«

Ich holte tief Luft, erinnerte mich an Finns nachdrückliches Krähen und entschied, nicht länger zu zögern. »Ich meine damit, dass ich nicht mehr deine beste Freundin sein will.«

»Was? Wieso denn nicht?«

Jesus, es war gar nicht so einfach. Jan kapierte nicht, worauf ich hinauswollte.

»Nein. Das nicht. Ich will schon noch deine beste Freundin sein. Nur anders halt.«

Jan zuckte die Schultern. Wieso war das nur so kompliziert?

»Erde an Jan. Bist du so schwer von Begriff? Ich will nicht mehr *nur* deine beste Freundin sein. Ich will ... ich will ... ich will diejenige sein, der du Gedichte schreibst.«

So, jetzt hatte ich es gesagt. Jetzt konnte sich die Erde öffnen und mich verschlucken.

»Ich komm mir so blöd vor«, stammelte ich. »Es ist nur, weil dieser Klaus Lage gesagt hat, dass es auch noch zoom machen kann, wenn es schon tausendmal nicht zoom gemacht hat. Und da dachte ich ... Aber wahrscheinlich ist Klaus Lage doch ein Idiot. Und Julia Roberts auch. Und Tante Ludo. Und außerdem sind das sicher nur die Hormone. Und ...«

Weiter kam ich nicht mit meinem unzusammenhängenden Gestammel. Jan hatte einen Zettel aus der Hosentasche gezogen und reichte ihn mir rüber. »Das Gedicht war nicht für Silvie. Sie hat es nie zu Gesicht bekommen«, sagte er. »Und es war auch noch nicht fertig damals. Jetzt ist es fertig.«

Ich schaute ihn fragend an.

»Lies«, sagte er.

Ich las.

Deine Haare sind so weich wie Wolle.
Ich mag dich ganz dolle.
Deine Augen strahlen wie die Sterne.
Ich hab dich so gerne.
Wenn du Basketball spielst wie ein Star.
Find ich dich einfach so wunderbar.
So wie du sollten alle Mädchen sein.
Aber dich möchte ich für mich ganz allein.
Wie soll ich es dir bloß sagen?
Ich kann dich doch nicht einfach fragen.
Du würdest sicher lachen.
Ich will mich nicht lächerlich machen.
Du willst bestimmt nur mein bester Kumpel bleiben.
Und trotzdem muss ich dir das jetzt mal schreiben.

»Ich war gerade unterwegs zu dir, um es dir zu geben.« Jan schaute auf seine Schuhspitzen.

Ich war sprachlos. »Du ... du ... die ganze Zeit ... ich ...«, faselte ich. »Und Silvie?«

»Das war doch nur, weil du und Simon ...«

»Ein Irrtum?«

Jan nickte.

Wir standen eine Minute, die mir so lang wie die ganze Erdgeschichte erschien, vor unseren zerdepperten Rädern auf dem Bordstein und sagten nichts.

Ich konnte auch kaum denken. Die ganze Situation war einfach zu … zu … zu … komisch. Ich fing unwillkürlich an zu glucksen. Jan schaute von seinen Schuhen auf und sah mich fragend an. Dann gluckste auch er. Und ehe wir uns versahen, steckten wir mitten in einem affenartigen Lachkrampf.

»Gott, ist das krass!«, krächzte ich.

»Völlig irrsinnig!«, brüllte Jan.

»Du und ich!«

»Das ist so verrückt!«

»Total wahnsinnig!«

»Gaga!«

»Panne!«

»Abgefahren!«

Wir hielten uns den Bauch.

»Aua! Ich kann nicht mehr!«

»Das ist zu viel!«

Wir ließen uns kreischend auf den Rasenhaufen zurückfallen. Es dauerte bestimmt fünf Minuten, bis wir uns beruhigt hatten. Kaum hatte einer die Kontrolle über sein Zwerchfell zurück, fing der andere wieder an zu lachen. Das war schrecklich ansteckend.

»Ich kann nicht mehr«, stöhnte ich. »Hör auf!«

Als wir es endlich schafften, ernst zu bleiben, rollten wir aufeinander zu.

»Und was machen wir jetzt?«, fragte Jan.

»Ich weiß nicht. Was macht man in so einer Situation?«

Wir grinsten. Wir wussten sehr wohl, was man in so einer Situation machte. Und dank Silvie und Simon wussten wir auch, wie es ging. Aber es war verdammt noch mal etwas völlig anderes, den besten Freund zu küssen.

»Ist schon komisch.« Jan sprach mir aus der Seele.

»Wir müssen ja nichts überstürzen«, sagte ich.

Jan nickte. »Wie haben alle Zeit der Welt.«

»Genau. Jetzt kennen wir uns schon so lange. Da kommt es auf ein paar Tage mehr oder weniger auch nicht an.«

Wir rappelten uns hoch, schnappten unsere schrottreifen Räder und schlenderten die Straße entlang. Alles fühlte sich so unwirklich an. Obwohl ich bestimmt schon tausend Mal so mit Jan die Straße entlanggeschlendert war, kam es mir ganz ungewohnt vor.

Mit der einen Hand führten wir unsere Räder, mit der anderen berührten wir uns wie zufällig bei fast jedem Schritt. Und jede dieser Berührungen war ein kleiner Stromschlag. Wir schauten uns immer wieder im selben Moment an, hielten für ein paar Sekunden dem Blick des anderen stand und wandten dann verlegen die Köpfe ab.

Als wir die Hälfte des Weges schweigend gegangen waren und sich unsere Arme wieder zufällig berührten, griffen wir beide nach der Hand des anderen und hielten sie fest.

Wir halten Händchen, dachte ich verwundert. Und meiner Hand ging es dabei verdammt gut.

Als wir bei mir zu Hause angekommen waren, verstauten wir die Räder in der Garage.

»Hallo, ihr zwei!«

Mama und Papa kamen gerade mit Finn im Kinderwagen aus der Haustür.

»Wir gehen spazieren. Kommt ihr mit?«, fragte Mama.

»Nö.«

»Nö.«

Mama schaute mich mit ihrem Röntgenblick an. Dann breitete sich ein Grinsen auf ihrem Gesicht aus. »Na, dann wollen wir euch mal nicht weiter stören«, sagte sie und zog Papa energisch weg.

»Was denn?«, fragte Papa ahnungslos.

»Ich hatte Recht«, hörte ich Mama noch sagen. »Erinnerst du dich an den ersten Tag in den Ferien ...«

Als sie außer Hörweite waren, schaute Jan mich verlegen an.

»Sie kann hellsehen, was diese Dinge angeht«, sagte ich schulterzuckend.

Jan grinste. »Ist ja auch kein Geheimnis mehr.«

In meinem Zimmer angekommen, machte ich die Klaus-Lage-Kassette an.

»Hör mal.«

Wir legten uns auf den Fußboden und hörten ein paarmal das Lied.

»Jetzt haben wir schon ein Lied«, sagte Jan.

»Ja. Ein eigenes«, seufzte ich, setzte mich dann abrupt auf und strahlte. »Und eine eigene Geschichte haben wir auch schon!«

Jan kapierte sofort. »Ja, die Geschichte von Frau Bondje!«

Ich kramte den Umschlag aus meinem noch unausgepackten Koffer und begann zu lesen. *»Lana, Jan und die Kettensägenmörderin.«*

Wir mussten grinsen. Und im Laufe der Geschichte mussten wir immer wieder innehalten, weil wir uns vor Lachen nicht einkriegen konnten.

Frau Bondje hatte aus unserer Rettungsaktion eine schreiend komische Geschichte über ein ausgefuchstes Detektivteam gemacht. In ihrer Geschichte retteten Jan und Lana, mutig und verrückt, tatsächlich ein Baby aus den Klauen einer bösen Frau.

»Jan und Lana«, las ich, *»winkten der netten Familie noch einmal zu und drehten sich dann Richtung Meer um. ›Genug gerettet für heute‹, sagte Lana. Sie stapften die Dünen hoch. Die Sonne ging gerade spektakulär rot unter. ›Wir sind ein verdammt gutes Team‹, sagte Jan. Dann drehte er sich zu Lana um und nahm ihre Hand. ›Wir sind das beste Team‹, sagte Lana. Und als die Sonne mit einem leisen Plopp im Meer versank, kamen sich die Köpfe der beiden immer näher. Ende.«*

Wir waren beide baff.

»Sind denn alle Frauen Hellseher?«, fragte Jan.

»Wenn in den nächsten Minuten das eintrifft, was ich gerade denke, dann ja«, sagte ich leise.

Jan grinste.

Und als Frau Bondjes Geschichte mit einem leisen Plopp auf den Boden segelte, kamen sich unsere Köpfe immer näher.

Von Sabine Both
bei Thienemann bereits erschienen:
Umzug nach Wolke Sieben
Was reimt sich auf Liebe?
Liebe geteilt durch zwei
Move to Cloud Nine

Both, Sabine
Herzkribbeln im Gepäck
ISBN 3 522 17554 9

Reihengestaltung: Birgit Schössow
Einbandillustration: Birgit Schössow
Texttypografie: Marlis Killermann
Schrift: Stone Serif
Satz: KCS GmbH in Buchholz/Hamburg
Reproduktion: Die Repro in Tamm
Druck und Bindung: Friedrich Pustet in Regensburg

9 8 7 6 5* 05 06 07 08

Thienemann im Internet: www.thienemann.de